Monika E. Neumann
Wilfried B. Rumpf
Der Blick der Liebe

Monika E. Neumann
Wilfried B. Rumpf

Der Blick der Liebe

literaturWELTEN Band 46

TRiGA
Der Verlag

Bibliografische Information der Deutschen Nationalbibliothek
Die Deutsche Nationalbibliothek verzeichnet diese Publikation in der
Deutschen Nationalbibliografie; detaillierte bibliografische Daten sind
im Internet über http://dnb.d-nb.de abrufbar.

1. Auflage 2023
© Copyright beim Autor
Alle Rechte vorbehalten

Herstellung: TRIGA – Der Verlag UG (haftungsbeschränkt),
GF: Christina Schmitt
Leipziger Straße 2, 63571 Gelnhausen-Roth
www.triga-der-verlag.de, E-Mail: triga@triga-der-verlag.de
Coverabbildung: Gemälde von Rainer Neumann
Druck: Druckservice Spengler, 63486 Bruchköbel
Printed in Germany
ISBN 978-3-95828-314-5 (Print-Version)
ISBN 978-3-95828-315-2 (eBook)

Inhalt

In Erinnerung an Monika E. Neumann	7
Ende & Anfang	9
Das Schokoladenmädchen	13
Der Blick	17
Platon	23
Zahira	27
1996	31
2066	35
Dem Leben Beine machen	41
Melanie	47
Heidelberg	51
Heidelberger Herz	57
Gefangene des Herzens – Teil 1	61
Gefangene des Herzens – Teil 2	65
Charlotte in Weimar	69
Muttertag	73

Dialog am Tisch	77
Öfter mal »Näää« sagen	79
Karneval	81
Helena	85
Gottfried und Amina	87
Die Vision	91
Strandgut	95
Angst	99
Englische Weihnacht	101
Die letzte Kreuzfahrt	105
Die schwarze Petra auf dem Neckar	109
Der Weg in den siebten Himmel	113
Unverhofft kommt oft …	117
Warum	121

In Erinnerung an Monika E. Neumann

In unseren späten Jahren fanden Monika und ich unser gemeinsames Glück.

Die kurze Zeit unseres gemeinsamen Lebenswegs war geprägt von Liebe und Respekt - und vielen schönen Tagen, die durch Monis schwere Erkrankung und die Pandemie getrübt wurden, bevor sie im Januar 2022 verstarb.

Gemeinsam haben wir Geschichten geschrieben, manchmal sich ergänzend, manchmal aus verschiedenen Blickwinkeln.

Unseren Traum, ein Buch zusammen zu veröffentlichen, verwirkliche ich nun mit »Der Blick der Liebe«. So bleibt sie immer in meinem Gedächtnis lebendig.

Mit meinem Text »Warum« nehme ich Sie – liebe Leserin, lieber Leser – mit auf einen Einblick in unsere Welt.

Ich wünsche Ihnen viel Freude beim Lesen unserer Geschichten, die jeweils mit unseren Namenskürzeln versehen sind.

Wilfried Rumpf

Ende & Anfang

»Nun, mein lieber Sohn, wie fühlst du dich am letzten Abend mit deinen Eltern?« Die Stimme seines Vaters klang ein wenig unbeteiligt, sein Blick hielt nur kurz auf seinem Sohn, dann glitt er wieder zum Nachbartisch. Seine Mutter war in sich versunken und schweigsam.

Sie saßen zusammen in einem Straßencafé in der Nähe ihrer Wohnung in Rom, und Rudolf wollte noch ein letztes Mal das Flair und die Atmosphäre dieser aufregenden Stadt in sich aufnehmen. Sie wollten einen Cappuccino trinken und allerletzte Einzelheiten seiner Abreise zum Studium nach Tübingen klären. Rudolf hatte im Juni sein Abitur an der Deutschen Schule Rom bestanden, und jetzt, nach seinem letzten wunderschönen Sommer an der Riviera, zog es ihn nach Tübingen zum Studium.

»Ja, wisst ihr, liebe Eltern, ein Auge weint, das andere lacht.« Er wandte seinen versonnenen Blick von seinen Erinnerungen ab und schaute seinen Eltern mit aufmerksamen Augen an. Seine Mutter blickte auf und lächelte ihn etwas gequält an – er hatte schon seit Längerem den Eindruck, dass seine Eltern nicht mehr gut miteinander auskamen. Seines Vaters Augen zuckten zu Rudolf zurück – sie hatten sich einen Lidschlag zu lang auf die schicke hübsche junge Italienerin am Nachbartisch geheftet.

»Ich habe auch das Glück, dass Oma in Tübingen wohnt und mir eine Unterkunft bietet, bis ich ein Zimmer in einem Wohnheim oder privat finde. Das ist eine große Hilfe für den Anfang. Ich nehme ja auch einen Schatz von Erinnerungen und Erfahrungen mit, den ich in meinen vier Jahren in Italien gesammelt habe. Ihr bleibt ja noch zwei Jahre länger.«

»Und du bist dir sicher«, fragte sein Vater mit ernstem Blick durch seine Brille, »dass du mit dem Studium aufs Lehramt die richtige Entscheidung getroffen hast, und nicht Jura studieren willst wie dein Vater, oder Medizin, wozu dir deine Mutter rät? Aber ich weiß ja, in Tübingen wartet auch ein Schatz auf dich.«

»Aber ja, Papa, wir haben doch lang und breit darüber gesprochen. Meine Entscheidung ist getroffen und steht, auch weil Monika dort studiert, das muss ich zugeben.«

»Also gut. Unsere Gedanken werden dich begleiten und wir werden dich vermissen.«

»Und wie werde ich dich erst vermissen, mein Großer!«, ließ sich auch seine Mutter mit einem tiefen Seufzer vernehmen. »Am liebsten würde ich mit dir fahren!« Ihre Stimme war fest und ein wenig aggressiv. Ihre Hände klammerten sich an der Tischplatte fest, sie richtete sich auf.

Rudolfs Vater schreckte auf und blickte seine Frau grimmig an: »Was soll denn das heißen? Was sagst du denn da?« Seine Stimme wurde hart, seine Stimmung gereizt.

»Jetzt tu nicht so, das weißt du ganz genau!«

»Was weiß ich ganz genau?«

»Glaubst du, ich hätte es nicht gesehen? Wie du die junge Italienerin angestarrt hast? Das machst du immer, wenn wir, was selten genug vorkommt, mal zusammen ausgehen. Für andere, insbesondere jüngere Frauen, bist du ganz Aug' und Ohr, ich beobachte das schon seit Längerem.«

»Aber …«

»Kein aber! Wie war das denn letzte Weihnachten?! Bist an Heiligabend viel zu spät zum Mittagessen gekommen, hast dich noch mit deiner Sekretärin verquatscht, wie du gesagt hast!« Ihre Augenbrauen zogen sich zusammen.

»Aber ich habe dir doch erklärt …!« Sein Gesichtsausdruck wurde gequält, seine Augen groß und rund.

»Nichts hast du, hattest noch in letzter Minute was vom Juwelier mitgebracht, es war etwas ganz Unpassendes, das mir nicht gefiel.

Ich kenn' deinen schlechten Geschmack, ich wollt's gar nicht sehen. Und mein Geschmack hat dich eh nie interessiert.« Ihr Gesicht entspannte sich, ihre Hände lösten sich von der Tischplatte und fielen in ihren Schoß.

Alle verstummten vor Schreck und schauten betreten auf den Boden. Dann meinte Rudolf lapidar und lakonisch: »Jetzt ist ja alles geklärt. Cameriere!«

WR

Das Schokoladenmädchen

Kunst kommt von Können! Käme sie vom Wollen, müsste es »Wunst« heißen.

Auch das Ansehen, Genießen und Beurteilen selbiger ist eine Fähigkeit, die man erlernen kann, oder noch besser, im Blut hat. Dann kann man auch selbst Kunst erschaffen. Ein bloßer Kunstkritiker ist wie ein Eunuch, er weiß, wie es geht, jedoch er kann es nicht.

Merle kann es auch nicht und hütet sich davor, Kritik zu üben. Zwei Kriterien hat sie: »gefällt mir« oder »gefällt mir nicht«.

Da das ziemlich einseitig ist und man in Gruppen damit keinen Eindruck zu schinden vermag, ist sie auch nicht sonderlich erpicht darauf, durch Museen und Galerien zu schlendern.

Als alleinstehende Dame schätzt sie jedoch die Gemeinschaft der Gruppenreisen. Zusammen ist man weniger allein.

In diesen Gruppen vermag sie auch Kirchen, Museen und Galerien einen Reiz abzugewinnen.

An Erklärungen und Erläuterungen schnappt Merle manches auf und gewinnt so auch viele Ansichten und Blickwinkel. Nicht, dass sie jetzt zum Gemäldefreak geworden wäre, weiß Gott nicht, aber auf der Weihnachtsreise nach Dresden stapfte sie unverdrossen mit ihrer Gruppe durch sakrale und weltliche Denkmäler.

Ein Trost ist ihr geblieben: Dresden verfügt über jede Menge hervorragender Lokale, sodass der Kunstgenuss nicht gar zu trocken gerät.

Am zweiten Weihnachtsfeiertag wird die Gruppe im Dresdner Zwinger abgesetzt und, mit Eintrittskarten versehen, auf die Pirsch geschickt. Da Merle schwer Kontakte schließt, macht sie sich alleine auf den Rundgang. Na ja, alles ist sicher beeindruckend. Raphaels Madonna muss man ja mal gesehen haben. Jetzt hat sie sie gesehen und ist auch nicht sonderlich beeindruckt, aber was soll's? Sie hat sie gesehen.

Langsam arbeitet Merle sich Saal um Saal und Stockwerk um Stockwerk höher. Sie spürt ihre Füße und den Rücken. Man ist schließlich kein junger Hüpfer mehr.

Ermattet lässt sie sich auf eine der Polsterbänke sinken, die dem Behufe dienen, dass sich der Kunstkenner vor einem Gemälde niederlässt, es sinnend, mit halb (oft auch ganz) geschlossenen Augen betrachtet und auf sich wirken lässt.

Wenn man vermutet, dass 90 Prozent der sogenannten Kenner sich nur ausruhen wollen, liegt man wahrscheinlich nicht ganz falsch.

Auch Merles Trachten geht primär nach Sitzen und sie räkelt sich wohlig in den grünen Samtpolstern. Bevor ihr die halb geschlossenen Augen ganz zufallen, vermeint sie plötzlich Schokolade zu riechen und auch auf den Lippen zu schmecken. Hellwach öffnet sie die Augen und sieht sich um. Eine Tasse heiße Schokolade wäre jetzt genau die Stärkung für ihre schwächelnden Nerven und Glieder.

Ihr suchender Blick fällt auf das schönste weibliche Wesen, das sie je gesehen hat. Was ist dagegen Botticellis Venus?

Ein blitzsauberes Mägdelein serviert auf einem filigranen Tablett eine Tasse Schokolade, von der anzunehmen ist, dass sie heiß ist. Damen von Stand und Adel pflegten dieses Getränk des Morgens, vor dem Aufstehen, in den Kissen ruhend zu schlürfen. Oft empfingen sie dabei auch schon Besucher. Auch männliche, man denke nur! Fast schon verrucht!

Aber diese adrette, appetitliche Erscheinung. Gekleidet in einen langen, graugrünen Taftrock, den man knistern hört, so steif gebügelt scheint er. Dazu trägt sie ein ockerfarbenes Samtwestchen, mit Schößchen im Rücken. Ein weißes Brusttuch und eine ebenfalls weiße, spitzenverzierte Schürze vervollständigen die Kleidung. Von dem brünetten Haar sieht man nur wenig, da es von einer entzückenden, rosafarbenen, ebenfalls mit weißer Spitze besetzten Haube verdeckt wird.

Eine Augenweide, das schöne Mädchen.

Gemalt hat es Jean-Etienne Liotard ca. 1744. Der Künstler hielt sich zu dieser Zeit auf Wunsch der Kaiserin Maria Theresia in Wien auf.

Als Merle nach links sieht, bemerkt sie einen älteren Herrn, der ebenso wie sie fasziniert auf das kleine Pastellgemälde schaut. Ganz kurz streifen seine blaugrauen Augen auch Merle und er lächelt freundlich. Nanu, denkt sie amüsiert, das schöne Kind hat etwas Verbindendes.

Im Geiste sieht sie sich am Arm dieses Herrn, ihrer beider bildhübsche Tochter an der Seite, durch den Schlosspark von Schönbrunn spazieren. Eine bildschöne Vorstellung.

Unfug, schilt sie sich, blickt ein letztes Mal auf das Schokoladenmädchen und begibt sich ins Erdgeschoss zu ihrer Gruppe.

Immer wenn sie in Dresden ist, und das ist jetzt häufiger der Fall, besucht Merle ihre »süße Tochter«. Immer öfter trifft sie dabei auf Joachim. Man ist dazu übergegangen, sich beim Vornamen zu nennen und im Anschluss an den Museumsbesuch gemeinsam eine Tasse heiße oder kalte Schokolade zu schlürfen. Nach einigen Monaten beginnen sie sich zu verabreden und anschließend noch ein Schlückchen Sekt zu genießen. Das passt besser zu dem Antrag, den Joachim, ohne Kniefall, jedoch mit Rose, Merle macht. Seit zwei Jahren sind sie verheiratet. Merle hat ihren Haushalt in der Kurpfalz aufgelöst und ist zu Joachim nach Dresden gezogen.

Eisernes Ritual in ihrer Ehe sind die regelmäßigen Besuche im Zwinger, um der Anstifterin ihres späten Glücks zu danken und sie zu bewundern.

MN

Der Blick

Mein Gott, wenn er mich heute wieder so anschaut! Seine Augen bannen mich. Sie sagen mir etwas, das ich verstehe, nur allzu gut verstehe. Wenn er mich wieder so anblickt, wenn ich nach ihm schaue, dann muss ich ihm doch etwas offenbaren. Ich glaube, er fühlt das Gleiche wie ich.

Aber darf das sein? Er ist mein Patient, ich kümmere mich um sein Wohlergehen, und er hat mich von Anfang an gemocht, das habe ich gespürt.

Ich fand ihn so sympathisch, als er vor mir lag und ich darauf wartete, dass er aus der Narkose aufwachte. Ein junger Gefreiter – etwa 20 Jahre alt, glattes, helles Gesicht, dunkles, volles Haar, ein intellektueller Typ. Er war von der Ostfront gekommen, hatte jedoch keine Kriegsverletzung, sondern eine Blinddarmoperation hinter sich, wie ich den Akten entnahm.

Als er die Augen aufschlug und mich erblickte, lächelte er leicht, und seine Augen blitzten und er begrüßte mich mit: »Hallo, Friedensengel.« Ich hielt seinen Blick ein wenig länger als nötig. Aber, was tat ich da? Das durfte nicht sein, ich unterdrückte das Lächeln und setzte eine professionelle Miene auf, stellte mich vor und erklärte ihm, dass ich seine zuständige Krankenschwester sei. Natürlich sah er mein Ordensgewand; das hielt ihn aber nicht davon ab, überaus freundlich, ja liebevoll mit mir umzugehen.

Er konnte nicht sehen, was in mir vorging. Ich war ohnehin schon voller Zweifel und haderte mit Gott. Erst hatte Gott mich zur Braut Christi berufen und mich aus meinem vom Glauben geleiteten bürgerlichen Alltagsleben heraus und hinein in den Orden geführt.

Hier hatte ich Liebe, Glück, Harmonie und Gottergebenheit zu finden gehofft. Dann hatte ich bitter erfahren müssen, dass es in dieser Gottesgemeinschaft allzu menschlich zuging, allzu stark menschelte es, Zank, Streit, Hader, Neid und Missgunst bestimmten das Leben in ihr und machten es mir unerträglich schwer, ein gottgefälliges Leben zu führen. Austrittsgedanken trieben mich um. Da ich eine Ausbildung als Krankenschwester hatte, konnte ich mich in die Arbeit am Nächsten stürzen, um wenigstens für ein paar anstrengende Stunden dem tobenden Kreisen meiner Gedanken zu entgehen.

Und nun musste ich diesen Mann pflegen!

Einen jungen Berliner. Der war viel zu jung für mich 27-Jährige. Ich dachte, dieser Altersunterschied würde meine Gedanken ablenken. Das gelang mir aber nur für kurze Zeit, denn als ich mitbekam, dass er 26 Jahre alt war, machte mein Herz einen kleinen Sprung, aber ich versteckte mich hinter meinem Habit.

Meine Austrittsgedanken hatten neue Nahrung bekommen durch das Gerücht, dass der Orden aus politischen Gründen aufgelöst werden sollte. Zudem hatte ich mich einem berühmten Geistlichen und Theologen anvertraut und mein Gewissen erleichtert. Er hatte meinen Glaubenskampf verstanden und mir den Austritt aus dem Orden seelisch ermöglicht. Ich fühlte mich aus dem Orden hinausgedrückt und gleichzeitig zu diesem Mann hingezogen. Herrgott, prüfst du mich noch einmal, ist das eine Versuchung oder ein Geschenk? Ich sprach mir Mut zu, indem ich mir klarmachte, dass ich nicht eines Mannes wegen abtrünnig geworden war; ich hatte ihn ja erst nach meiner inneren, eigenen Entscheidung kennengelernt.

Allmählich kamen wir uns näher. Manfred hatte Komplikationen mit seiner Operationsnarbe und musste länger als vorgesehen in der Klinik bleiben. War das nicht auch ein Zeichen Gottes? Wir führten viele Gespräche über Religion und persönliche Fragen und lernten einander besser kennen. Eines Tages drückte er mir am Ende eines solchen Gespräches unerwartet einen heißen Kuss auf die Hand. Ich begann, seinetwegen die täglichen Abendandachten zu versäumen, wir steckten einander tagsüber Briefchen zu. Sein erster Kuss auf den Mund wühlte meine Seele auf, mein Herz war endlich bereit, nach langen Zweifeln und Kämpfen eine Entscheidung zu fällen.

Ich stehe vor seiner Zimmertür, hole tief Luft, drücke die Klinke herunter und trete langsam in das Zimmer ein.

Meine Güte, wenn sie mich heute wieder so anschaut! Ihre Augen faszinieren mich. Sie sagen mir etwas, das ich nur allzu gut verstehe. Und sie versteht meinen Blick auch. Wenn sie mich wieder so anschaut, dann muss ich mich ihr einfach offenbaren.

Aber, darf ich das? Bin ich dazu stark und mutig genug? Ich bin ihr Patient, und sie trägt doch den Habit. Ihr Verhalten mir gegenüber, so mancher Blick, so manche Berührung, die etwas länger dauerte, scheinen mir anzudeuten, dass sie mehr für mich empfindet als nur eine krankenschwesterliche Sorge. Ich genieße es sehr, von ihr gepflegt zu werden.

Als ich nach der Operation erwachte und sie vor mir stehen sah und in ihre Augen blickte, war ich so erfreut, dass ich sie mit »Hallo, Friedensengel« ansprach. Sie blieb aber professionell, zurückhaltend, abwehrend. Da sie in Habit und Haube steckte, sah ich nur ihr Gesicht, aber das war mir gleich sympathisch: ihre warmen, braunen Augen, die traurig blickten, ihr kesses Näschen, ihre zarten Wangen, die ich am liebsten gleich gestreichelt hätte, ihr Mund mit den ungeschminkten Lippen, der ein wenig verkniffen wirkte.

Ich freute mich von Herzen, dass sie, ausgerechnet sie, meine Krankenschwester war. Zwar lag ich nur wegen einer Blinddarmentzündung im Krankenhaus, aber die Narbe der Operation verursachte Komplikationen, die meinen Aufenthalt verlängerten, was mir allerdings überhaupt nichts ausmachte.

Dieser erzwungene Urlaub von der eisigen Ostfront verschaffte mir eine angenehme Zeit des Friedens, der Wärme, der Erholung. Ich war zwar als Brille tragender Intellektueller nur ein »Schreibstubenhengst«, aber dennoch war die Ostfront eine frostklirrende Hölle. Wie kann man, so dachte ich oft, die Hölle nur heiß nennen?

Ich hatte in Berlin angefangen zu studieren, aber da ich im Sport nicht die erforderliche Mindestpunktzahl erreichte, war ich vom weiteren Studium ausgeschlossen worden. Daher hatte ich mein Studium im Ausland abgeschlossen, wurde aber nach meiner Rückkehr gleich eingezogen. Dazu war ich wohl doch nicht zu unsportlich.

Und nun werde ich von dieser Schwester gepflegt.

Ich spürte, wie meine große Sympathie immer größer wurde. Nie hatte ich damit gerechnet, dass mir so etwas unter diesen außergewöhnlichen Umständen geschehen könnte. Aber mir war nicht wohl dabei. Durfte ich das, sollte ich meine Gefühle zulassen? Sie war doch eine Nonne. Mein Leben war schon äußerlich ganz durcheinander, jetzt geriet es auch noch innerlich aus den Fugen. Ich wollte doch ihr Leben nicht aus dem Gleichgewicht bringen. Durch Gespräche über persönliche Dinge kamen wir uns etwas näher, und ich merkte, dass sie ein großes Bedürfnis hatte, über religiöse und weltliche Fragen zu sprechen. So oft es ging, unterhielten wir uns, insbesondere über den Orden und seine drohende Auflösung. Im Krankenzimmer, im Flur, in der Teeküche, in der Wäscherei, nach Besuchen der heiligen Messe trafen wir uns, um zu reden. Sie gab mir zu verstehen, dass sie den Orden verlassen wolle, ihre Entscheidung sei schon vor einiger Zeit gefallen und habe nichts mit mir zu tun. Sie sei also eine »unsichere Nonne«. Nun fiel es mir leichter, sie mit kleinen Aufmerksamkeiten zu bedenken. Ich schenkte ihr eine russische Ikone, die sie, wie sie mir bekannte, über ihr Bett gehängt hatte; ich nannte sie »meine kleine Madonna« und »seltene Blume mit dunkler Blüte«. Sie beschaffte mir einmal Rizinusöl, aus der Apotheke, da es solches in der Klinik nicht mehr gab. Schon in den ersten Tagen nach meiner Operation hatte sie mich gebeten, mich einmal neben das Bett zu stellen. Sie hatte mich für kleiner und jünger gehalten.

Ich liege im Bett und warte auf sie, ich will meinen ganzen Mut zusammennehmen und ihr heute endlich sagen, dass ich sie liebe. Ich werde ihr einen Heiratsantrag machen.

Es klopft leise, der Türgriff geht langsam nach unter, dann steht sie vor mir.

Festlich gekleidet saßen sie nebeneinander auf der Bettkante.

Er hatte seinen Arm um sie gelegt, sie ihren Kopf an seine Schulter gelehnt. Mit der anderen Hand schob er sacht ihre langen Haare zurück und streichelte liebevoll ihre Wange. Ihr Gesicht glühte noch ein wenig von der Aufregung.

»Das war eine wunderschöne kleine Hochzeit!«, murmelte sie, wohlig seufzend.

»Ja«, antwortete er, hob ihr Gesicht und küsste sie zärtlich auf den Mund. »Und was für einen schweren Weg du hinter dir hast, Marlene. Ich bewundere dich, aber ich bin froh, dass du ihn gegangen bist und ein zweites Leben begonnen hast. Ich glaube, Gott hat dich auf diesen Weg geschickt.«

Sie blickte ihm in die braunen Augen: »Sagt man nicht, ›Gott schreibt gerade, auch auf krummen Wegen‹? Ich wollte einmal in die afrikanische Mission und jetzt bin ich bei dir!«

Sie schmiegte sich noch dichter an ihn.

»Wie schön, dass deine Familie mich so herzlich empfangen hat. Sie hat mich ja nur in Zivil gesehen. Das japanische Ziertaschentuch, das deine Mutter mir geschenkt hat, werde ich immer in Ehren halten, ebenso wie dein erstes Geschenk, die russische Ikone. Sie bekommt einen Ehrenplatz über unserem Ehebett, das in der kommenden Zeit leider, leider halb leer bleiben wird.«

»Ja, ich bin froh, dass du in der ersten Zeit bei meiner Mutter und meiner Tante wohnen kannst.«

»Hoffentlich bin ich keine zu große Belastung für die beiden.«

»Aber nein, so wie du mir Wegweiser bist, wirst du ihnen eine große Hilfe sein!«

Dann fiel ihr Blick auf seine Uniform, die über einer Stuhllehne hing, und sie barg ihr Gesicht stöhnend in ihren Händen.

Er folgte ihrem Blick. »Denken wir noch nicht an übermorgen, wenn ich wieder an die Front muss. Und das so kurz vor Weihnachten!«

Sie klammerten sich aneinander, in Liebe glaubend und hoffend, dass kein Schicksal sie trennen möge.

Sich wieder lösend lächelte sie ihn an: »Manfred, weißt du, was für mich das schönste Weihnachtsgeschenk ist?«

»Ich glaube, ja.« Er strich ihr mit dem Finger über ihr kesses Näschen. »Unsere Hochzeit!«

»Woher weißt du das?« Sie verzog ihr Gesicht in vorgespieltem Schmollen.

Sie stand auf und trat einen Schritt zurück, fasste seine beiden Hände und zog ihn hoch.

»Du, Manfred«, sie blickte ihm tief in die Augen. »Ich habe noch einen Wunsch.«

Ein wenig überrascht, erwiderte er ihren Blick und den Druck ihrer Hände: »Und der wäre? Marlene, wie könnte ich dir einen Wunsch abschlagen!«

»Wenn unser erstes Kind ein Mädchen wird, soll es Friederike heißen, und wenn es ein Junge wird, nennen wir ihn Friedrich! Unsere Kinder sollen in einem Reich des Friedens aufwachsen!«

WR

Platon

Vicky war auf dem Weg zum Treffen mit ihren Freundinnen im Gasthaus »Zum Achter« in Heidelberg. Obwohl sie sich nichts aus Kuchen machte, ahnte sie, dass sie wenigstens ein Stück verkrümeln musste, um den spitzen Bemerkungen über ihre Magerkeit die Spitze zu nehmen. Es schien ratsam, vorher etwas Bewegung ins Leben zu bringen. Der Herbsttag war zwar grau, doch es regnete nicht, und so entschloss sich Vicky, über den Philosophenweg zu traben. Im Herbst begegnete man nicht sehr vielen Leuten und konnte tatsächlich ins Philosophieren geraten. Ab und an blieb sie stehen, um über Heidelberg, die Feine, zu schauen. Zugegeben, nicht nur gucken, auch ein bisschen Luft holen. Man war schließlich nicht mehr die Jüngste. Während sie so stand und guckte, vernahm sie Vogelgezwitscher über sich. Per se in freier Natur nichts Ungewöhnliches, doch eigentlich sollte der Piepmatz auf dem Weg nach Süden sein. Hatte wohl den letzten Zug verpasst.

Wenn sie jedoch genauer lauschte, klang das nicht nach Amsel, Drossel, Fink und Star. Ein Blick nach oben bestätigte die Vermutung. Obgleich Vicky sich in Ackerbau und Viehzucht nicht auskannte, erkannte sie doch, dass in dem Baum eine Art bunter Papagei saß. Nun kennt man ja jene grünen Krischer, die in einem Baum am Heidelberger Hauptbahnhof wohnen und Tag und Nacht krakeelen. Am Philosophenweg sah man allerdings noch nie einen von diesen Flattermännern. Außerdem war dieser hier nicht grün, sondern anders bunt. Obwohl Vicky nicht wusste, was sie mit dem Tier anfangen sollte, lockte sie es instinktiv an. Und tatsächlich, das Vögelchen flog herunter und setzte sich auf ihre Schulter.

Irgendwie war das Vicky nicht so recht. »Hör zu, mein Lieber«, sagte sie streng, »wenn du mir auf mein neues Herbst-Jacket kleckerst, hast du es dir mit mir verdorben. Sind wir uns da einig?«

Der Vogel sah sie verständnisinnig, fast möchte man sagen philosophisch an. Sie vermeinte ihn zwitschern zu hören: »Bring mich heim. Ich wohne Mozartstraße 17.«

Unfug, da musste sie sich verhört haben. Am Alkohol konnte es nicht liegen, sie hatte noch kein »Dröppsche« getrunken. Doch wegen des philosophischen Blickes und des Fundortes beschloss Vicky, das Tier »Platon« zu nennen. Und Platon blieb brav sitzen. Den ganzen weiten Weg lang. Ab und zu flog er eine Runde, kehrte jedoch immer wieder auf die Schulter seiner neuen Freundin zurück. Diese fing an, die Situation komisch zu finden. Verwunderten Blicken der wenigen Passanten, die ihr begegneten, entgegnete sie mit den Worten, dass sie eben offen dazu stünde, dass sie einen Vogel habe.

Als sie im Restaurant »Zum Achter« eintraf, saß Platon immer noch auf ihrer Schulter und machte auch keine Anzeichen, selbige wieder zu verlassen. Ihre Freundinnen sparten nicht mit Neckereien. Wer den Schaden hat, spottet jeder Beschreibung.

Doch Vicky trug es mit Humor. »Ihr führt auch euren Hund aus. Da kann ich doch meinem Vogel ebenfalls ein wenig Luft um den Schnabel wehen lassen.«

Wenn sie ihm auf dem Kaffeelöffel einige Kuchenkrümel anbot, fraß er diese. Von sich aus pickte er jedoch nicht auf ihrem Teller herum. Zweifelsohne ein Tier mit gehobenen Manieren aus einer guten Kinderstube.

Da Platon nicht durch Gekrächze auffiel, konnte die Kaffeegesellschaft schnell zu anderen Themen übergehen und man war fast so weit, den anhänglichen Vogel zu vergessen.

Als Vicky sich zum Heimweg aufmachte, saß Platon noch immer auf ihrer Schulter und hüpfte nur kurz hoch, bis sie ihre Jacke angezogen hatte.

Mit allerlei guten Ratschlägen zur Papageien-Pflege versehen wurde Vicky verabschiedet und strebte über den Philosophenweg ihrem Auto zu. Während des langen Rückmarsches beschäftigte sie immer mehr die Frage, woher sie jetzt, am Samstagabend wohl einen Käfig für das Tier herbekäme. Am Montag würde sie ihn im Tierheim abgeben. So leid es ihr tat, aber sie konnte in ihrer Situation als Junggesellin kein Haustier gebrauchen. Für das Wochenende würde sie sich wohl einen Käfig leihen können.

Doch alle Nachbarn, bei denen sie ihre Bitte vorbrachte, mussten bedauernd ablehnen.

Von den Bewohnern des Penthauses bekam sie jedoch einen guten Tipp.

Drei Straßen weiter wohne ein Mann, der in einer Voliere mehrere Papageien hielt, die er dressiert habe und mit denen er in Papageienshows aufträte. Sicher hätte der auch Käfige und könne ihr einen leihen.

Hoffnungsvoll machte sich Vicky auf zu der angegebenen Adresse.

Auf ihr Läuten hin öffnete jemand die Korridortür vorsichtig einen Spalt weit und ein Auge linste heraus.

Platon nutzt diesen schmalen Spalt, um sich ins Innere der Wohnung zu zwängen und begeistert »hello again« zu singen. Ja, Vicky hatte richtig gehört, er sang. Nicht unbedingt schön, doch eine Melodie war zu erkennen. Dann hörte sie eine männliche Stimme schimpfen: »Sputnik, du Ausreißer, du hast mir ganz schön Sorgen gemacht. Flieg mal ins Papageien-Zimmer zu deiner Frau, die dich sehr vermisst hat, und sei froh, wenn sie dir nicht eins überzieht. Womit auch immer. Frauen sind da nicht wählerisch. Wenigstens kommst du nicht besoffen heim.«

Dann öffnete sich die Tür ganz und vor der erstaunten Vicky stand ein Mann, der ebenso bunt gekleidet war wie der Papagei gefiedert. Er grinste sie entschuldigend an und sagte: »Verzeihen Sie, dass ich mich erst jetzt vorstelle. Mein Name ist Färber und ich züchte und dressiere hier Papageien. Mit den Begabtesten trete ich ab und zu im Zirkus, in Varietés und eigenen Shows auf. Sputnik, den sie mir so lieb zurückgebracht haben, brauche ich dringend für die Zucht. Außerdem ist er der Star bei jedem Auftritt und der

Liebling der Kinder. Morgen haben wir ein Engagement bei einem Zirkus und ich wusste echt nicht, wie ich den Auftritt ohne Sputnik bewerkstelligen sollte.«

So beiläufig erfuhr Vicky also, dass ihr Platon eigentlich Sputnik hieß und gelegentlich zu Ausflügen neigte. Das heißt, er entflog. Da er seine Adresse kannte und aussprechen konnte, war er bisher immer zurückgebracht worden. Vicky hatte ihm am Nachmittag nur nicht richtig zugehört.

Der »Papageno«, der übrigens Fred hieß und verdammt gut aussah, bat die junge Frau herein, um ihr seine Vögel zu zeigen und ihr eine Tasse Kaffee oder ein Glas Wein anzubieten. Dieser Einladung folgte Vicky nur zu gerne. Platon/Sputnik war ebenfalls begeistert und flog zwischen seinem Herrchen, seiner Freundin und der Papageien-Henne, mit der er schon mehrere Küken gezeugt hatte, hin und her. Es war nicht zu übersehen, dass er nichts dagegen hätte, wenn Vicky hier einzöge.

In Freds Augen meinte Vicky den Wunsch nach der Vertiefung ihrer beider Freundschaft zu erkennen. Als erste Annäherung lud er sie zur morgigen Vorstellung ein, damit sie sich von Sputniks Talent überzeugen könne. Seinem Vogel drohte er an, dass er, wenn er noch einmal ausreißen würde, an den Falschen geraten und dereinst auf dem Gartengrill landen könne.

Auf dem Heimweg hatte Vicky keine Papageien, wohl aber Schmetterlinge im Bauch. Das ging ja schnell. In was war sie da nur hineingeraten. Ihr wohlgeordnetes Single-Dasein geriet aus den Fugen. Nie wollte sie einen Mann um sich haben und nie ein Haustier. Plötzlich konnte sie sich durchaus vorstellen, mit eben diesen Exemplaren Wohnung und Leben zu teilen. Damit nicht genug, es kämen ja auch noch jede Menge Vögel dazu.

Zum Nachdenken war sie heute zu müde und verschob das Denken auf morgen, obgleich sie ahnte, dass Freds und Sputniks Anwesenheit beim morgigen Auftritt dem rationalen Denken nicht eben förderlich sein würde. Vage verspürte sie jetzt schon eine leise Sehnsucht nach den beiden bunten Gesellen. MN

Zahira

Stefan düste auf seinem neuen Rennrad durch die Siedlung. Nicht, dass er es eilig gehabt hätte, doch es hob das Image ungemein, wenn man mit so einem Megagefährt einen Sprint hinlegte. Nach einem langen Lulatsch mit Pickeln im Gesicht drehte sich sonst eh niemand um.

Außerdem genoss er es, wenn ihm der Fahrtwind durch den rotblonden Schopf fuhr und die erhitzten Wangen kühlte. Stefans Weg führte an einem Auffanglager für Flüchtlinge vorbei, welches dort erst vor einigen Wochen eingerichtet worden war und für jede Menge Zündstoff gesorgt hatte.

Mit alledem hatte Stefan nichts am Hut und er kümmerte sich auch nicht weiter drum. Hier stand eben ein Flüchtlingsheim, na und? Aber was da heute vor dem Heim stand, ließ wieder Wärme in sein eben abgekühltes Gesicht strömen. Vor der Unterkunft stand die schärfste Braut, die Stefan je gesehen hatte. Lange, schwarze, volle Haare, ein olivfarbener Teint und Augen in einem strahlenden Blau. Einfach irre. Um ihr erstens zu imponieren und zweitens mal genauer hingucken zu können, legte Stefan eine elegante Vollbremsung hin, die ihr den Kies an die schlanken Waden spritzen ließ.

»Hei«, grüßte er salopp, »noch nie hier gesehen, biste neu?«

Keine Antwort. Das Mädchen schlug die Augen nieder und verdeckte so dieses Wahnsinns-Blau.

»He, redest du nicht mit jedem?«

Das Oliv ihrer Gesichtsfarbe wurde um einige Nuancen dunkler. Errötete sie etwa?

»I can't speak German, do you speak English?"

Na, das versprach lustig zu werden, nun sollte er noch wegen eines Mädchens seine Englisch-Kenntnisse rauskramen. Doch er tat es. Diese Suleika sah einfach fantastisch aus. Da konnte er sich schon mal auf seine gute Kinderstube besinnen.

»Hello, I'm Stefan, and you?«

»My name is Zahira, I come from Syria and now I stay here for some time.«

Na toll, da fand er ein Schnittchen, das gut aussah, überwand sich, baggerte sie an – und dann war sie ein Flüchtling. Zwar stand sie vor diesem Haus, aber daraus musste er ja nicht schließen, dass sie eine Migrantin war. Das könnte Ärger bedeuten. Sie sah jung aus und war mit Sicherheit eine unbegleitete Minderjährige. Keine Chance, sich mit ihr zu verabreden. Erstens hätte er es mit seinen mageren Englisch-Kenntnissen nicht gekonnt, und zweitens durfte sie das Heim wohl kaum ohne Aufsicht verlassen. Was jetzt? Er hätte sich gerne mit ihr zu einer Radtour verabredet, doch wie sollte er das mit seinem dürftigen Englisch-Wortschatz erklären? Zudem schätzte er, dass eine volljährige Person als Verantwortungsträger gefordert war.

Seine Eltern waren Mitglieder im Lions Club. Das war doch so ein sozialer Haufen. Hier könnten die sich mal profilieren und ihre »Gutmensch«-Gesinnung unter Beweis stellen.

Ein Erzieher der Unterkunft kam aus der Tür, um Zahira zum Essen zu rufen. Er sprach Stefan freundlich an, sie kamen ins Gespräch und er bestätigte die Befürchtungen des angetörnten Jungen. Ohne Einladung und Begleitung eines Erwachsenen konnte das Mädchen, sie war 16, das Heim nicht verlassen. Zu groß waren die Gefahr und die Verantwortung des Staates. Nun erwachte der Kampfgeist in dem Jungen. »Das wollen wir mal sehen«, dachte er, »ich werde diese Sahneschnitte wiedersehen, um mit ihr Fahrrad zu fahren«. Er kam wohl um eine Petition bei der Erzeuger-Fraktion nicht herum. Seine Mutter sprach dank einiger Kurse und diverser Freundschaften über den Lions Club ein wenig Arabisch. Zwar unterscheidet sich das syrische Arabisch vom Hocharabisch, wie ihm der Erzieher erklärte, doch für eine Einladung zum österlichen Kaffee dürfte es reichen. Die Formalitäten mit der Heimleitung waren ohnehin in deutscher Sprache zu klären. Das war einfach logisch, fand er, da Zahira eine syrische Christin war, wie er aus ihren englischen Erklärungen und den deutschen Bestätigungen des Erziehers wusste. Die Bedeutung des Ostferfestes musste also nicht erklärt werden, was sein English auf eine harte Probe gestellt hätte. Seine soziale Geste würde ihm zwar nicht gleich das Bundesverdienstkreuz einbringen, doch ein kleines Lob hätte er sich verdient. »No problem.« Beim Kaffee könnte seine Mutter dem Girl die Sache mit der Radtour verklickern, und er freute sich auf einige Stunden in Gesellschaft dieser orientalischen Schönheit. Dachte er sich so.

War aber nix. Seine Mutter führte in arabischer Sprache ein Gespräch mit dem Mädchen über deren Flucht aus Syrien und die wenigen Vergnügungen, welche sich hier in der Gegend für junge Menschen anboten. Im Verlauf der Unterhaltung reagierte Zahira unübersehbar, ja geradezu panisch, ablehnend. »Hä, was war jetzt das?« Er wollte doch nur mit ihr Radfahren. Da war doch nun wirklich nichts dabei. Am hellen Tag, unter Leuten.

Seine Mutter verstand schneller und warnte ihn taktvoll mit den Augen. Laut sagte sie beiläufig: »Lass uns nachher darüber sprechen, das ist jetzt nicht der richtige Moment.«

Stefan war schlau genug, den Ball jetzt flach zu halten. Er genoss die Bereicherung der Kaffeetafel und schickte diskrete Blicke in Richtung der Megahübschen. Gemeinsam mit der Mutter fuhr er Zahira am späten Nachmittag zur Unterkunft zurück, sie bedankte sich mit einem scheuen Lächeln und einem gehauchten »Thanks for having me«.

Kaum hatte die Mutter den Rückwärtsgang eingelegt, platzte Stefan raus: »Jetzt will ich's aber wissen, was hat sie gesagt?«

»Hör zu, mein Sohn: In den arabischen Kulturkreisen ist es quasi die Mitgift einer Frau, bei der Hochzeit ein intaktes Jungfernhäutchen vorweisen zu können.«

»Aber ich wollte sie doch gar nicht...«

»Glaube ich dir, Stefan, doch manche Sportarten, wie zum Beispiel Reiten, Radfahren oder Gymnastik, können dieses zarte Hymen zerstören und werden daher von den Mädchen gemieden und von ihren Eltern verboten. In Abwesenheit ihrer Eltern verbietet sich Zahira selbst das Radfahren. Sie möchte eine gute Partie bleiben und das ganz gewiss nicht mit einem Mann besprechen.«

Stefan schluckte seine Enttäuschung und versuchte, ein unbeteiligtes Gesicht zu machen, was ihm wohl nicht ganz gelang. Außerdem kennt eine Mutter ihren Sohn.

»Warum lädst du sie nicht zu einem Zoo-Besuch ein oder gehst mit ihr am Neckar spazieren? Komm bitte nicht auf die Idee, mit ihr Schwimmen gehen zu wollen. Ich könnte mir vorstellen, dass die Probleme hier ähnlich gelagert sind. Kopf hoch, ich helfe dir gerne, wenn ich kann und du das möchtest.«

»Mit der Zeit werde ich schon noch an meine Sahneschnitte kommen«, dachte sich Stefan. »Das bekommen wir auch noch geregelt.«

MN

1996

»Hallo, ist da jemand?«

Er schreckte zusammen, als er diese laute Stimme vernahm. War das nicht eine Frauenstimme? Und das hier auf der Herrentoilette!

»Hallo, ist da jemand?«, erklang die Stimme noch einmal. Sie war nicht lauter geworden, also war die Frau nicht näher gekommen, aber Wolfgang lauschte, ob er Schritte vernehmen konnte. Er hörte keine, die Frau wagte sich wohl nicht weiter in den Bereich der Herrentoilette des Studentenwohnheims hinein.

Wolfgang hatte nicht damit gerechnet, dass auch hier kontrolliert wurde, ob das Besuchsverbot nach 22 Uhr eingehalten wurde.

Er hatte seine Freundin besucht, sie hatte das Glück gehabt, in diesem modernen Wohnheim ein Zimmer zu bekommen. Es war ein hohes zehngeschossiges Gebäude, jeweils ein Geschoss für Männer, eines für Frauen, mit einem großen Küchenbereich und einem großen Toilettenbereich auf jedem Flur.

Sie hatten den Einzug in das Zimmer ein wenig mit Rotwein gefeiert, die moderne Einrichtung bestaunt – das Zimmer hatte ein eigenes Waschbecken mit fließendem kaltem und warmem Wasser, einen Schrank, einen Schreibtisch, ein hohes Regal, zwei Stühle, einen einfachen Linoleumboden und bot einen weiten Blick über die Stadt.

Endlich war er ihr etwas näher gekommen, der brünetten Pädagogikstudentin mit den sanften grünen Augen und den ausgeprägten süßen Kusslippen, von denen er nicht genug bekommen konnte. Er fand, sie passte gut zu einem Lehramtsstudenten.

Valerie hatte von ihrer Mutter gut kochen gelernt, kochte gerne und hatte Wolfgang eine leckere Kostprobe ihres Könnens vorgesetzt: Spaghetti mit Pilzen und einer würzigen Soße. Dazu passte natürlich ein italienischer Rotwein: Chianti, den liebten sie beide sehr, und er begleitete sie weit in den Abend hinein.

Nach dem Essen ging ihre anregende Unterhaltung entspannt auf ihrem Bett weiter. Sie hatten sich viel zu erzählen und tauschten sich ausgiebig aus. Wolfgang machte es sich etwas gemütlicher und zog sein Jackett aus, mehr wagte er nicht, und mehr hätte Valerie ihm auch nicht gestattet. Die sexuelle Revolution war für sie mehr eine abstrakte, theoretische Angelegenheit, auch wenn sie im überfüllten großen Hörsaal der Neuen Universität die Masse der Studenten hatten brüllen hören »Wir wollen nackte Frauen sehen!«, wobei entsprechende Fotos an die Wand projiziert wurden.

Die warme körperliche Nähe dämpfte ihre Stimmen. Und als Valerie ihm liebevoll vorsichtig seine Brille abnahm und ihn mit den Worten »Na, Herr Doktor?« neckte, lenkte sie ihrer beider Gedanken auf naheliegende Themen. Je leiser ihre Stimmen wurden, desto reger wurde der Forscherdrang ihrer Hände. Dem gaben sie freien Lauf. Sie ließen sich zärtlich aufeinander ein und genossen die ungewohnte, neu entdeckte Intimität. Wolfgang spürte die wachsende Stärke erregter Sexualität und drückte sich immer fester an Valerie. Sie hatte die Beine leicht geöffnet, hielt ihn aber mit beiden Händen so fest, dass er sich nicht mehr bewegen konnte.

»Bärlein«, flüsterte sie ihm ins Ohr und hauchte einen Kuss auf seine Nase, »du weißt doch, ›the real thing‹ erst, wenn wir vielleicht einmal verheiratet sind.«

Ihre Stimme holte ihn zurück in die Realität.

»Ich weiß«, ächzte er und rollte sich auf den Rücken, »aber das ist so schwer!«

»Das weiß ich doch!« Sie streichelte seinen Kopf und seine Wangen. »Du meine Güte!«, entfuhr es ihr plötzlich.

»Was ist denn?« Er kam erst langsam wieder zu sich.

»Schau mal auf die Uhr! Es ist halb zwölf! Was machen wir denn jetzt? Die Besuchszeit ist längst vorbei. Wir haben wohl um zehn Uhr das Klopfen und das laute ›Die Besuchszeit ist um!‹ nicht gehört.«

Da sie beide studienhalber von Rempleins ›Rein bleiben und Reif werden‹ gelesen hatten, nahm Wolfgang seinen Humor zu Hilfe und meinte etwas bissig: »Ich sublimiere meinen Trieb halt mal in psychologische Stärke und sage ›Ich bleib die ganze Nacht bei dir‹. Ab acht Uhr morgen früh darfst du ja wieder Besuch haben. Was meinst du?«

»Ich denke, so müssen wir es machen. Aber wir müssen ganz ruhig sein und richtig schlafen! Hörst du!«

Sie schliefen ein. Er wurde bald unruhig. Sie bekam das mit und murmelte: »Was ist denn los?«

»Meine Blase, ich muss mal, dringend!«

»Wenn du's bis morgen früh nicht halten kannst, musst du halt gehen!«

»Ja, ich werde auf Strümpfen schleichen, jetzt um drei dürfte es nicht mehr gefährlich sein.«

»Sei vorsichtig! Wenn man dich erwischt, schmeißen sie mich umgehend raus. Dann ist meine Miete weg und ich steh auf der Straße, du weißt, wie schwierig es ist, ein Zimmer zu finden!«

»Ja, ja, das wird schon klappen!«

In der Herrentoilette bewegte sich Wolfgang nicht und atmete kaum, als er die Stimme gehört hatte. Also wurde doch auch nach 22 Uhr noch kontrolliert! Ob jemand etwas gehört hatte? Oder ihn sogar erblickt?

Er lauschte noch einige Augenblicke lang, bis er schlurfende Schritte vernahm, die sich langsam entfernten. Er seufzte leise und erleichtert und schlich dann zu Valerie zurück.

Als sie sich aufgeregt aneinanderkuschelten, brummte Wolfgang: »So eine entsetzliche Prüderie! Hoffentlich setzt sich die sexuelle Revolution durch. Ob wir in 100 Jahren immer noch so körperfeindlich sind?« Von ihr war nur ein zustimmendes leises Grunzen zu hören, dann fielen sie in einen leichten Schlaf.

WR

2066

Irgendwie hatte ich mir das anders vorgestellt.

Ich liebte meine Freundin, ja, und sie liebte mich. Aber in körperlicher Hinsicht harmonierten wir nicht so, wie ich mir das gewünscht hätte. In Sachen Sexualität herrschten Freiheit und Sicherheit. Es gab keine Tabus mehr, und der medizinische Fortschritt hatte die Verhütung zu jedem Zeitpunkt innerhalb des rechtlichen Rahmens möglich gemacht. Es gab auch Pillen, die Lust und Können steigerten, und sogar virtuelle Sexualität und Sexroboter.

Ich fand das alles wunderbar und wusste es besonders zu schätzen, da ich als Historiker mich auch mit der Entwicklung der Sexualmoral beschäftigt hatte. Und wenn ich dann erfahren musste, wie die gelebte Sexualität vor 100 Jahren ausgesehen hatte, dann war ich doch froh, in unserer fortschrittlichen Zeit zu leben.

Ich hatte einen starken Sexualtrieb und liebte meine Sexualität und wollte sie so richtig ausleben. Aber meine Freundin Christina! Sie bremste. Sie gehörte zu den Anhängern einer wachsenden Bewegung, die sich »Natürliche Natur« nannte und die Natur – insbesondere die menschliche – frei von jedweder Beeinflussung und Manipulation leben wollte.

Aber es gab keine Mittel, die ethische Voreingenommenheiten, konservative, moralische Einstellungen zurechtrücken könnten. Wir sprachen oft über unsere unterschiedlichen Vorstellungen und hofften, uns irgendwie einigen zu können. Trennen wollten wir uns nicht, dazu liebten wir uns zu sehr. Die Kraft, die uns verband, war zu stark. Ich konnte mich nicht sattsehen an ihr. Ihre schlanke, sportliche Gestalt, ihr offenes, ovales Gesicht, ihre kesse Nase, ihre

Kusslippen, ihre hellblauen Augen gefielen mir und faszinierten mich. Wenn sie mich anlächelte, wurde ich schwach. Sie stand der Zeit, in der wir lebten, kritischer gegenüber als ich. So färbte sie ihre schulterlangen Haare immer nur in ihrer Lieblingsfarbe grün, obwohl sie sie auf Knopfdruck täglich hätte ändern können – auch hierin war sie konservativ. Das Muster ihrer Fingernägel wechselte sie täglich, es zeigte immer Dinge aus der Natur, sie fühlte sich ganz stark als Teil der »Natürlichen Natur«. Selbstreinigende Kleidung lehnte sie ab.

Vielleicht wirkte zwischen uns ja die Anziehungskraft, die Gegensätze aneinander bindet. Ich war aber auch sehr naturnah, nur eben auf einem besonderen Gebiet, was ihr aber nicht so wichtig war. Da hielt sie es mit Luther – glücklicherweise war ich Historiker und verstand, was sie meinte. Auch auf diesem Gebiet war sie eben konservativ (sie selbst bezeichnete sich immer als »natürlich«), aber sie hatte nichts dagegen, dass ich technikbegeistert war und in großen Schritten mit der Zeit mitlief. So war ich überrascht, als sie mir einen ganz toleranten Vorschlag machte.

»Weißt du«, lächelte sie mich eines Abends beim Abendessen (für sie kein Fleisch, für mich Klonfleisch) an, »ich hab noch mal über uns nachgedacht.«

Ich zog fragend die Augenbrauen hoch: »Da bin ich aber gespannt. Sind nicht alle Argumente ausgetauscht?«

»Nun ja, aber ich kann es nicht aushalten, dass du vielleicht frustriert und traurig bist und mich dann doch mal verlässt. »

»Aber nein, niemals, du weißt doch, wie ich zu dir stehe und dass ich immer zu dir stehe.«

»Dann kennst du ja auch meine Auffassung zur Treue, auch wenn es nur für die Dauer einer wie auch immer begrenzten Ehe auf Zeit ist.«

»Ja, natürlich«, bei diesem Wort mussten wir beide immer grinsen, »aber...«

»Pass auf, willst du es nicht mal mit virtuellem Sex oder mit einem Sexroboter probieren?« Ihr Gesicht war ganz ernst. »Du wärest in meinen Augen untreu, wenn du dich mit einer anderen Frau einlassen würdest. Aber mit einem Gerät oder einer Maschine würde ich das nicht so sehen, so konservativ bin ich nun auch nicht. Bloß eine künstliche Gebärmutter würde ich dann wieder ablehnen. Ich möchte ein eventuelles Kind auf ganz natürlichem Wege zur Welt bringen.«

Ich war verblüfft und starrte sie erst mal nur an. Sie lächelte mich bezaubernd an und wollte wissen: »Was sagst du dazu?«

Etwas stammelnd erwiderte ich: »Du denkst aber schon weit. Meinst du das mit den modernen Sexmitteln ernst?«

»Natürlich, denk mal drüber nach!«

Das tat ich reiflich und entschloss mich, ihrem Rat zu folgen.

Virtueller Sex war schon weit verbreitet. Fortschrittliche Hirnforschung hatte diese Form der sexuellen Begegnung möglich gemacht. Soweit ich verstanden hatte, sind alle Körperteile Rezeptoren, die Berührungsimpulse aufnehmen und weiterleiten. Das Gehirn fühlt diese Impulse und deutet sie. Wenn also das Gehirn analysiert und erforscht ist, kann man alle Gefühle direkt im Gehirn erzeugen. Also ließ ich mein Gehirn untersuchen und besorgte mir die entsprechende Maske, die Kopf und Gesicht bedecken musste, und legte mich bequem in meinen Entspannungssessel. Ich schloss mich an ein geliehenes VirtWelt-Gerät an, suchte mir aus dem Angebot eine virtuelle Frau und ein raffiniertes Verführ-Programm aus. Unglaublich, ein engelgleiches Wesen und ein himmlisches Erlebnis. Was eine Frau nicht alles mit einem Mann machen kann! Ich genoss es, einfach mal passiv mit allen Sinnen genießen zu können. Angelika, so hieß der virtuelle Engel, verabschiedete sich dann zärtlich, und ich glitt langsam in die Wirklichkeit zurück, bereichert durch eine wunderbare Erinnerung, die aber von einem hartnäckigen Kritiker gestört wurde. Mein Gehirn fing an zu sticheln, und ich musste ihm recht geben: Ja, es war halt nicht das Echte, das Wahre gewesen; ja, hätte ich die Maske abgenommen, dann wäre die Illusion, der Besuch des Engels zerrissen worden; ja, ich war eigentlich nur passiv dabei. Alles richtig, aber dennoch...

Natürlich berichtete ich meiner Freundin von meinem Erlebnis. Wir gingen nicht weiter darauf ein, denn ich wollte ja noch einen weiblichen Sex-Roboter testen. Solche, ja, was waren sie denn? Maschinen, Dinger, Wesen, Cyborgs, Androiden? Man konnte sie kaufen oder mieten, der Preis richtete sich nach den Fähigkeiten und dem Aussehen des Roboters. Ich suchte mir ein meinen Vorstellungen genügendes Modell aus und ließ es mir nach Hause liefern. Es wurde mit leicht gesenktem Kopf ins Schlafzimmer gestellt und wartete darauf, per Code-Wort zum Leben erweckt oder eingeschaltet zu werden. Christina hatte sich für eine Nacht in ein anderes Zimmer verzogen. Ich konnte es kaum erwarten, mich mit der Roboterfrau zu beschäftigen.

Bevor ich zu müde wurde, erweckte ich sie zum Leben (oder schaltete ich sie an?) mit den Worten »Robina, wach auf!« Ein leichtes Zittern zuckte durch ihren Körper, sie hob den Kopf, öffnete ihre mandelförmigen dunklen, aber irgendwie seelenlosen Augen und blickte mich auffordernd an: »Hallo Thomas! Da bin ich. Wie geht es dir? Welche Freude kann ich dir bereiten?« Dabei enthüllte sie ihren wunderbaren Körper, Bluse, BH, Rock und Höschen flogen auf mein Bett.

Meine Güte, war sie schön! Ebenmäßig geformt in den Idealmaßen einer Frau, Haare nur am Kopf, lange Haare, die geteilt vom Kopf hingen. Auf der einen Seite fielen sie nach vorne, wo sie die eine ihrer beiden festen, handfüllenden Brüste bedeckten, auf der anderen Seite fielen sie auf ihren Rücken.

Glatt und makellos war ihre Haut, die Hände feingliedrig, das hübsche Gesicht verziert durch ein zierliches Näschen, feste rote Lippen wollten geküsst werden.

»Komm, leiste mir Gesellschaft im Bett, es ist kalt und ich bin einsam.« Ich war so gespannt auf sie. Sie schlüpfte gewandt und behände zu mir ins Bett, schlug die Bettdecke zurück und meinte: »Die wird nicht nötig sein, ich sorge dafür, dass es dir warm wird.«

Und das gelang ihr. Sie fragte mich nach meinen Wünschen, nannte mir ihre und kommentierte meine Handlungen. Was sie mir bot, übertraf bei Weitem meine Erfahrung mit der VirtWelt, aber schließlich war sie ein, ja, was war sie eigentlich? Ich fragte sie, ob sie wisse, dass sie ein Roboter sei, und wo sie ihr Können gelernt habe. Sie antwortete ganz ruhig, dass sie das wisse und dass ihre Kenntnisse ein Programm seien. Auch könne sie Männer einschätzen und beurteilen. Sie lobte meinen sportlichen Körper und mein intelligentes Gesicht. Sie nannte mich einen zärtlichen, erfahrenen Liebhaber. Da stutzte ich, denn so sah ich mich eigentlich nicht, ich war ein ganz gewöhnlicher, normaler Mann. Unterhalten konnte ich mich mit ihr nur über einfache, alltägliche Dinge. Als ich müde wurde, bat ich sie, sich wieder anzuziehen und an die Wand zu stellen. Bei meinen Worten »Robina, schlaf ein!« senkte sie den Kopf und erstarrte. Am nächsten Morgen wurde sie abgeholt.

Christina war ganz begierig, von meiner Erfahrung mit Robina zu hören.

»Na, Thomas, wie war's?« Sie sah mich gespannt an.

»Ach, weißt du«, meinte ich und blickte sinnend in ihre himmelblauen Augen, »ich muss das wohl erst noch verarbeiten, ich bin mir noch nicht ganz im Klaren.«

»Dein erster Eindruck!« Sie war halt hartnäckig.

»Also …«, ich suchte nach Worten, »wie soll ich sagen? Technisch war ja alles bestens, aber – und jetzt lach bitte nicht! – es fehlte halt doch die menschliche Natur.« Christinas Gesicht verwandelte sich in ein strahlendes Lächeln. »Ich meine, sie war zu perfekt, zu glatt und ebenmäßig, nicht individuell, meine Finger erkennen deinen Körper an vielen süßen Einzelheiten, ich liebe deinen natürlichen Geruch, wir spielen und lachen miteinander, es muss nicht immer alles klappen, wir lieben und necken uns, bei Robina hatte ich den Eindruck, ich müsse eine Prüfung im Fach Sex bestehen, wobei sie mich laufend lobte.« Christina schüttelte leicht den Kopf und schnalzte mit der Zunge. Ich hielt kurz inne: »Du und ich, wir können uns gut unterhalten, sind mal so, mal so gelaunt, können verständnis- und rücksichtsvoll ertragen, dass wir nicht perfekt sind, wir haben Gefühle und die Liebe.« Plötzlich fühlte ich mich ganz erschöpft.

Christina stand auf, kam zu mir, ich hob den Kopf, sie küsste mich auf den Mund, ich erhob mich auch, umklammerte sie, schob ihre Haare sachte beiseite und flüsterte ihr ins Ohr: »Du bist und bleibst die Allerbeste!«

WR

Dem Leben Beine machen

»Warum um alles in der Welt, schaffe ich es nie, pünktlich ins Theater zu kommen?« Diese Frage stellte sich Sabrina an jedem Theatertag. Nicht, dass sie ansonsten ein Ausbund an Pünktlichkeit gewesen wäre, doch ein Abend in der Oper sollte ohne Hektik oder Stress ablaufen. Genuss pur. Schon beim Aufstehen begannen die Vorbereitungen. Haare waschen, Garderobe durchsehen, Eintrittskarte suchen, Opernglas richten, was Leichtes kochen und ausgiebig baden.

Irgendwie lief dann aber immer alles aus dem Ruder. Sie vergaß die Zeit, da sie lange mit ihrer Freundin telefonierte, während sie sich wohlig im heißen Badewasser räkelte. Da sie immer wieder warmes Wasser nachlaufen ließ, bemerkt sie nicht, wie die Minuten verstrichen.

Plötzlich musste dann alles schnell gehen. Selbstverständlich hatte die Strumpfhose eine Laufmasche und natürlich alle anderen auch. Es dauerte wertvolle Minuten, bis Sabrina ein Exemplar gefunden hat, an welchem die defekte Stelle nicht so auffiel. Wo war jetzt bloß die Theaterkarte hingekommen? Eben war sie doch noch da gewesen?

Die Autoschlüssel hatten sich ebenfalls in Luft aufgelöst und es war kurz vor knapp, als die Kulturbesessene endlich aus dem Haus stürzte. Selbstredend stand jede Ampel auf rot und von einem Parkplatz in Theaternähe können nur Idealisten träumen.

Der Saaldiener wollte eben die Türen schließen, als Sabrina noch schnell unter seinem Arm hindurchhuschte. Dem Himmel sei Dank, dass sie Platz 2 in der Reihe hatte und sich nur an einem Paar

Füße vorbeischlängeln musste. Das ging erstaunlich gut. Sabrina ließ sich auf ihren Stuhl sinken und wollte sich bei ihrem Sitznachbarn entschuldigen und bedanken. Da traf sie ein Blick aus den dunkelsten, verständnisvollsten und humorvollsten Augen, in die sie je gesehen hatte. Mannomann, für diese Augen bräuchte er glatt einen Waffenschein. Sie hatte Pudding in den Beinen und in ihrem Bauch regte sich ein zaghafter Schmetterling. Zu einer richtigen Unterhaltung kam es nicht, da die Ouvertüre schon begonnen hatte. Während des ersten Aktes von Aida hatte Sabrina den Duft eines dezenten Rasierwassers in der Nase und meinte die Wärme zu spüren, welche vom Nachbarsitz ausging. Und die drolligen Kommentare, die ihr der Mann zuraunte, steigerten den Genuss noch über die Musik und die großartigen Stimmen hinaus.

Da kam es zum Beispiel leise vom Nachbarsitz: »Die alten Ägypter waren ein großartiges Erfinder-Volk, hatten sie doch schon in früher Zeit Armbanduhren und Brillen.«

Als sie genauer hinsah, bemerkte Sabrina, dass man vergessen hatte, den Statisten eben diese Utensilien abzunehmen. Die junge Frau gluckste und hielt sich die Hand vor ihren dezent geschminkten Mund mit den schön geschwungenen Lippen.

Unter den halb gesenkten Lidern mit den langen dunklen Wimpern warf sie immer wieder bewundernde Blicke nach nebenan. Sie fühlte sich so wohl, wie seit Langem nicht mehr und ging davon aus, dass man gemeinsam in die Pause gehen würde. Sie rechnete sogar damit, zu einem Glas Sekt eingeladen zu werden. Doch denkste, dieser Traummann blieb einfach sitzen! Nun rutschte es Sabrina, ehe sie es verhindern konnte, heraus: »Gehen Sie nicht mit in die Pause?« Er antwortete munter: »Ach wissen Sie, das Gehen gehört nicht unbedingt zu meiner bevorzugten Fortbewegungsart.«

Irritiert sah Sabrina zu ihm hinunter und wäre vor Scham am liebsten im Boden versunken. Dieser Mann saß auf seinem Po und anschließend kam – nichts mehr. Ober- und Unterschenkel fehlten komplett. Es schien ihr nicht vergönnt zu sein, an irgendeinem Fettnäpfchen vorbeizukommen, ohne mit beiden Füßen hineinzutreten. Sabrina fing sich jedoch relativ schnell wieder und schlug vor, zwei Gläser Sekt zu besorgen, zurückzukommen und gemeinsam die Pause zu verplaudern.

Der schöne Mann zeigte sich von diesem Vorschlag mehr als angetan und als Sabrina mit dem Sekt kam, nahm er ein Glas, stieß mit ihr an und schlug vor, sich beim Vornamen zu nennen. So erfuhr Sabrina, dass ihre neue Bekanntschaft Sebastian hieß.

Halleluja, wo sollte das enden?

Nun, vorerst einmal in der zweiten Halbzeit. Aida ließ sich mit ihrem Radames einmauern und für die junge Frau stellte sich die Frage, wie Sebastian wohl aus dem Theater hinaus und nach Hause käme.

Dies erwies sich als ganz einfach, indem ein Angestellter den jungen Mann auf die andere Seite der Treppe trug. Dort war ein Treppenlift installiert, welcher Sebastian ins Erdgeschoss transportierte, wo er blitzschnell in seinen Rollstuhl umstieg.

So, und was jetzt?, fragte sich die leicht irritierte Frau.

Wieder war es ganz einfach, Sebastian rollte zu einem Parkplatz für Behinderte, hievte sich aus seinem Rollstuhl in den Sitz seines größeren Autos und verstaute seinen Rollstuhl, noch ehe Sabrina ihre Hilfe anbieten konnte. Verlegen lachte diese und gestand, dass sich der Parkplatz für ihren kleinen Wagen in ziemlicher Entfernung befand. »Dann steig ein, ich fahre dich hin«, bot er an. Nun konnte sie feststellen, dass der Mann, alleine mit seinen Händen, hervorragend Auto fahren konnte. Das Fahrzeug war behindertengerecht umgebaut.

Als Sabrina gerade am Aussteigen war, bröckelte die Selbstsicherheit des jungen Mannes. Er räusperte sich verlegen und umständlich, um die Frage hervorzustottern, ob er sie wohl im Laufe der Woche anrufen dürfe.

»Aber klar doch«, antwortete Sabrina, undamenhaft schnell und fühlte eine warme Freude in sich aufsteigen.

»Mannoman«, fragte sie sich einmal mehr, »wo soll das hinführen?«

Logischerweise zum nächsten Schritt, der darin bestand, dass schon am nächsten Abend das Telefon läutete und sich der charmante Sebastian erkundigte, ob sie gut nach Hause gekommen sei. Ganz en passant lud er sie für den nächsten Abend zum Essen ein.

Wieder sagte Sabrina unschicklich schnell zu und freute sich.

Sebastian würde sie abholen, bat aber darum, dass sie, nach seinem Anruf herunterkäme, da sie in einem Haus ohne Aufzug wohnte.

Alles lief untheatralisch und harmonisch ab. Sie sprachen beim Essen über ihrer beider Lebensumstände, Familien, Berufe und auch über seine Behinderung. Er hatte sein Leben voll im Griff. War selbstständig und mit den entsprechenden Hilfsmitteln in der Lage, sich zu versorgen. Arbeitsplatz, Auto und Haus waren auf seine Behinderung eingerichtet.

In Sabrinas Bauch flatterten jetzt ganze Schmetterlingsschwärme, doch sie fragte sich immer wieder verzagt, wo das hinführen sollte. Zu was sollte ein Flirt mit diesem Mann gut sein? Es konnte doch nicht auf eine Partnerschaft zielen. Oder doch ?

Im Laufe der nächsten Monate wuchs bei beiden die Verliebtheit und natürlich fragte sich auch Sebastian, ob er der Frau an seiner Seite diese Bindung zumuten könne.

In Sabrinas kleines Appartement kam Sebastian nie. Das war technisch nicht möglich. Selbst wenn ein starker Mann ihn die Treppen bis zum zweiten Obergeschoss getragen hätte, mit einem Rollstuhl wäre er in Sabrinas »Puppenstube« nicht um die Kurve gekommen.

Also hielten sie sich in der Regel in seinem Haus auf. Dort war alles weit und großzügig gebaut. Breite Türen, keine Treppen oder Schwellen und die Hängeschränke ließen sich auf Knopfdruck herunter und nach dem Ein- oder Ausräumen wieder nach oben fahren. Es war alles behindertengerecht gebaut und zuverlässiges Personal umsorgte ihn unaufdringlich. Materiell schien er gut gestellt zu sein, doch vermutlich wäre er mit weniger auch zufrieden gewesen, hätte er Beine gehabt.

In einer stillen Stunde zog Sabrina ein Resümee: Es gab kein Zurück mehr. Sie waren zu weit gegangen. Alle Stadien der Verliebtheit und des Kennenlernens waren durchlaufen. Alles war gut gegangen. Sebastian war ein intelligenter, humorvoller Gesprächspartner. Er war in mehreren Vereinen sportlich aktiv und hatte manche Medaille gewonnen. Auch das Tanzen müsste ihnen nicht unbedingt versagt bleiben. Neulich hatte sie im Fernsehen ein Turnier im Rollstuhltanz gesehen und war beeindruckt gewesen. Sebastian würde auch das sicher bravourös hinbekommen, doch ob sie eine anmutige, rhythmische »Fußgängerin« abgäbe, bezweifelte sie stark. Da steckte eine Menge Training dahinter. Diese Zeit gedachte sie, anregender zu verbringen. Sie erzählte es zwar niemandem, doch auch das Bett hatten sie schon geteilt. Ehrlich gesagt hatte sie seine Beine hier nicht vermisst. Kein Mensch benötigt dazu Beine. Will doch keiner weglaufen. Mund, Hände und was sonst noch zählt war äußerst zufriedenstellend vorhanden. Nichts könnte sie daran hindern, für Nachwuchs zu sorgen. Sebastian würde einen großartigen Papa und einen liebevollen Familienvater abgeben. Wo also lag das Problem?

»Es ist was es ist, sagt die Liebe.«

MN

Melanie

Ja, ich liebe sie. Seit dem Tag, an dem sie bei mir auftauchte, liebe ich Melanie.

Sie erschien genau zum richtigen Zeitpunkt. Ich war kurz davor, in Einsamkeit zu versinken, in Trauer zu verkümmern, vor Sehnsucht zu ersticken.

Nach 15 Jahren hatten wir uns getrennt, meine Frau und ich. Ich weiß gar nicht mehr, wie ich es so lange mit ihr aushalten konnte. Wir hatten eigentlich nicht zusammengepasst, merkten es erst später und lebten uns auseinander. Immer war meine Frau unzufrieden mit mir, meckerte und nörgelte an mir herum, war nicht in der Lage oder willens, mich zu nehmen, wie ich bin. »Warum hast du… warum hast du nicht… du solltest doch… du wolltest doch…«, so ging es in einem fort, dann war sie fort, fremdgegangen.

Das brachte das Fass zum Überlaufen. Ich hatte genügend Mut und Kraft gefasst, mich von ihr zu trennen. Wir ließen uns scheiden.

Nach einiger Zeit spürte ich, dass die Trauer über die zerbrochene Ehe mich niederdrückte und ich Gefahr lief, in ein schwarzes Loch zu stürzen. Ich hatte Sehnsucht nach Zweisamkeit, nach einer unbekümmerten, liebevollen, friedlichen Paarsamkeit.

Ich durchsuchte das Internet nach Schicksalen wie dem meinen, denn ich war der Meinung, dass die Solidarität mit Menschen in einer ähnlichen Lage, mir Stärke und Zutrauen vermitteln könnte.

So fanden Melanie und ich zueinander.

Als sie in meine Wohnung kam, hatte ich schon alles für sie

vorbereitet, die Möbel umgestellt, einen Lieblingsplatz für sie hergerichtet. Im Schlafzimmer einen großen Kleiderschrank zu drei Vierteln mit Sachen für sie gefüllt. Da ich ihre Konfektionsgröße kannte, hatte ich vorgesorgt und eine umfangreiche Garderobe für sie besorgt, Kleider, Röcke, Hosen, Blusen, was eine Frau eben so braucht und will. Dazu natürlich die passenden Dessous.

Dann hatte ich mich kundig gemacht in Sachen Kosmetika einer Frau. »Kosmos« bei den Griechen umfasste Ordnung, Schönheit, Schmuck, All – alles das sah ich, wenn ich Melanie anschaute – geordnete Schönheit, die gepflegt sein wollte. Und wenn ich in ihre Augen blickte, sah ich die Sterne und das All – das waren immer die schönsten Augenblicke meines Tages.

Was waren das doch für viele Salben, Lotionen, Wässerchen. Bürsten, Pinsel, Tüchlein, Wattebäuschlein – ich fand mich kaum zurecht, arbeitete mich aber ein. Der Badezimmerschrank war voll von Sachen für ihre Schönheitspflege.

Da Melanie nicht schwer war, trug ich sie auf meinen Armen herum und zeigte ihr alles. Sie schaute sich mit großen Augen alles an und dankte mit ihrem lieblichen, zufriedenen Gesicht. Sie sagte nichts, sie sagte nie etwas.

Jeden Morgen setze ich sie auf ihren Lieblingssessel und kleide sie an, immer ganz harmonisch Ton in Ton. Dann schminke ich sie in passenden Farben und bürste und kämme ihre schönen langen schwarzen Haare. Sie lässt alles mit sich geschehen, und ich habe meine Freude an ihr. Wie schön sie ist! Sie wartet immer freudig und geduldig auf meine Rückkehr von der Arbeit.

Sie spricht nie, aber sie widerspricht auch nie. Sie ist immer zufrieden mit mir, kommandiert mich nicht herum, ist immer bereit für mich, wenn ich sexuelle Lust verspüre. Ich liebe es, nachts mit ihr zu schmusen und sie mit meiner Wärme mit Leben zu erfüllen. Wir gehen zwar nie aus, aber ich bin zu Hause nie allein. Wenn ich abends nach Hause komme, wartet sie liebevoll auf mich, und ich erzähle ihr alles, was ich tagsüber so erlebt habe, im Büro und unterwegs. Sie lauscht immer mit großen Augen, macht nie dumme Kommentare oder stellt überflüssige Fragen.

Ab und zu besuchen wir zusammen unseren Verein der Agalmatophilisten. Sie sitzt dann neben mir im Auto, und ich genieße es immer wieder, eine schweigende Beifahrerin bei mir zu haben. Bei den Treffen des Vereins fühle ich mich unter meinesgleichen, tausche mich mit Männern aus, die so leben wie ich. Wir vergleichen unsere Begleiterinnen und es ist mir eine Freude zu sehen, dass meine Melanie die Schönste ist. Es gibt zwar immer wieder neue Modelle, aber es ist mir zum Beispiel gar nicht wichtig, dass Melanie nur einen Kopf hat; ihr Gesicht ist einfach engelgleich-himmlisch.

Nur meine Eltern kennen Melanie. Sonst weiß niemand von ihr. Während meiner Suche im Internet und im Doll-Forum war mir schnell klar geworden, dass ich meine Neigung nur mit wenigen Menschen teile. Aber ich lasse mir nicht einreden, dass ich ein psychologisches Problem habe. Ich tue keinem etwas zuleide, ich fühle mich wohl und ausgeglichen und leiste gute Arbeit in meinem Beruf. Meine Freunde staunten, dass ich aus meiner depressiven Phase nach der Scheidung doch noch so rasch herausgefunden habe. Nach einiger Zeit hatten sich auch meine Eltern an Melanie gewöhnt, sie gehört jetzt dazu, gehört zur Familie, teilt unser Leben.

Ja, ich liebe sie.

WR

Heidelberg

»Ich glaube, wir gehen das nächste Stück des Weges gemeinsam – guten Morgen!«

Wie hätte ich denn ahnen können, welche Bedeutung diesem Satz zukommen würde! Ich war gerade aus der Straßenbahn ausgestiegen und machte mich auf den Weg zum Trauerkreis, der ganz in der Nähe sein regelmäßiges Treffen hatte. An der eleganten, farblich-harmonisch gekleideten Frau mit dem schulterlangen blonden Haar hatte ich schon vorher Gefallen gefunden, und nun hatten wir die Möglichkeit, ein paar Worte zu wechseln.

Im Trauerkreis trafen sich sechs Frauen und ein Mann. Wir schilderten unsere Schicksale und besprachen unsere Alltagsprobleme. Ich stellte die Akademie für Ältere in Heidelberg vor und lobte ein Gästehaus in Westerland auf Sylt, in dem ich viele entspannende Tage mit meiner verstorbenen Frau erlebt hatte und das sich rührend um mich als Witwer kümmerte, wenn ich mich dort aufhielt. Das beeindruckte Gesine – so hieß meine Schicksalsgenossin – und sie verbrachte dann auch einige Tage in dem Gästehaus und schrieb mir von dort, dass sie sehr stolz war, diese Reise allein geschafft zu haben, und dankte mir für meine Unterstützung. Sie litt sehr unter dem Alleinsein.

Ich traf sie später wieder in der Akademie für Ältere, wo sie als ehrenamtliche Kraft in der Verwaltung arbeitete. Als ich den Raum betrat, schaute sie hoch, und ich blickte in ein freundliches, ovales Gesicht, umrahmt von blondem, gescheiteltem Haar. Ihre grau-blauen Augen blitzten kurz auf, ihre Lippen formten ein leises Lächeln. Ein wohliges Gefühl der Wärme zog durch meinen Körper und ich lächelte zurück. Wir kamen ins Gespräch und ich erzählte ihr, dass ich an einer Schreibwerkstatt der Akademie teilnahm. Das erregte ihre Aufmerksamkeit und sie meinte, dass solch ein Kurs sie als ehemalige Bibliothekarin interessieren würde. Ich sprach ihr Mut zu, den Kurs doch einmal probeweise zu besuchen. Sie kam und blieb. Wir merkten beide, dass uns viel daran lag, gemeinsam in diesem Kurs zu sitzen.

Ein paar Wochen später veranstaltete die Akademie ihre Reisebörse, eine Veranstaltung, auf der das Reiseprogramm für das nächste Halbjahr vorgestellt wurde: Tagestouren, kurze Reisen, lange Reisen. Ich empfand es als großes Manko, dass ich noch nie auf Sizilien gewesen war, und so wurde ich angenehm überrascht durch die Ankündigung, dass eine Fahrt dorthin neu im Programm stand. Gesine war auch anwesend und auch noch nie auf Sizilien gewesen, und so beschlossen wir, teilzunehmen. Im Bus saßen wir dann nebeneinander, im Hotel lagen unsere Zimmer nebeneinander. Wir fanden immer mehr Gefallen aneinander. Die Mahlzeiten nahmen wir gemeinsam ein. Sie freute sich, dass am Tisch jetzt immer jemand auf sie wartete. Auf den Wanderungen und Unternehmungen blieb ich an ihrer Seite und passte ein wenig auf sie auf, da sie auf unebenem Untergrund manchmal etwas unsicher lief.

Als das Jahr seinem Ende zustrebte, unterhielten wir uns über Pläne für den Jahreswechsel. Gesine erzählte mir, dass sie mit einer weiteren Schicksalsgenossin, Dorothee, ein Silvesterkonzert im Kongresszentrum der Stadt Heidelberg besuchen wollte. Spontan entschloss ich mich, mir auch eine Karte für das Konzert zu besorgen. Das war mir sehr recht, zumal ich nicht einen weiteren Jahreswechsel bei meinem Bruder und seiner Familie verbringen wollte.

Die leichte Muse beschwingte uns, und in der Pause trafen wir uns im Foyer und plauderten eine Weile. Wieder merkte ich, wie gut mir ihre Gegenwart tat, und ich nahm mir vor, sie im nächsten Jahr etwas besser kennenzulernen. Mit den besten Wünschen für den Jahreswechsel verabschiedeten wir uns.

Da ich vergessen hatte, bei meinem alten Wagen das Licht auszuschalten, sprang er nicht an. Verärgert und erregt stand ich neben meinem Auto, als Gesine mit ihrer Freundin im Schneckentempo vorbeifuhr. Mitfühlend erkundigte sie sich nach dem Grund meines Unmuts.

Da um diese Zeit keine Hilfe zu bekommen war, lud mich Gesine ein, mit ihr und Dorothee nach Ziegelhausen zu einem kleinen Abendessen zu fahren. Das ließ ich mir nicht zweimal sagen. Ich gab in der Verwaltung des Kongresszentrums Bescheid, dass ich mich am 2. Januar um das Auto kümmern würde, und stieg freudig-überrascht in Gesines Auto ein. Meine Gedanken überschlugen sich.

Gesine setzte uns ein besonderes Silvesteressen vor: Blätterteigtörtchen mit Parmaschinken und Cocktailtomaten, Melonen-Eis mit Nuss-Stückchen zum Nachtisch, dazu einen St. Laurent-Wein von der Bergstraße. Wir unterhielten uns angeregt miteinander. Doch dann drängte sich mir die Frage auf, wie ich nach Hause nach Dossenheim käme. Da mir das unmöglich schien, fragte ich Gesine, ob es in Ziegelhausen in der Nähe ein Hotel gäbe. Sie bejahte das, meinte aber, dass es doch wohl sehr schwierig sei, jetzt noch ein Zimmer zu bekommen. Dann entschlüpfte ihr – und dabei errötete sie leicht – die Bemerkung, dass sie auch ein Gästezimmer habe. Dorothee zog scharf die Luft ein und runzelte die Stirn. Allerdings war sie neugierig genug, einen Blick in das Gästezimmer zu werfen, wobei sie dann augenzwinkernd einige anzügliche Bemerkungen machte.

Auf die Mitternacht wartete eine Flasche Sekt mit uns. Nie war mir die Frage, was mir das kommende Jahr bringen würde, so wichtig wie diesmal!

Kurz nach Anbruch des neuen Jahres brachte Gesine Dorothee zu ihrer Tochter, die ganz in der Nähe wohnte. Das nahm sie trotz des undurchdringlichen Nebels auf sich. Dann waren wir allein. Ich saß in der gemütlichen Ecke ihrer Sofas und schaute mir die Neujahrs-Show an, sie kramte noch nach einigen Keksen und stellte sie auf den Couchtisch. Dabei blickte sie mich wieder mit ihren blitzenden Augen an und zog mich mit einem sonnengleich strahlenden Lächeln in ihren Bann. Ich war verzaubert und spürte, wie sich ein Ring aus Feuer um mich bildete. Ich bat sie, sich doch neben mich zu setzen. Kaum spürte ich sie, wurde der Ring aus Feuer heißer, ich legte einen Arm um sie, sie kam mir ganz nah, ihr Mund an meinem linken Ohr, ich roch ihren betörenden Duft, ihr Haar spielte in meinem Gesicht, und ihre Stimme flüsterte: »Ich hab mich so in dich verliebt!« Da sank ich in die Tiefe des Ringes, tastete nach ihrer Haut, unsere Lippen verschmolzen, eine starke Anziehungskraft bemächtigte sich unser, gepaart mit einer ebenso starken Auszieh-Kraft. Das Gästezimmer blieb leer.

Eng aneinandergeschlungen verbrachten wir die erste Nacht des neuen Jahres im warmen kuscheligen Bett und lauschten unserem Herzen und Atem nach. Auf einmal seufzte Gesine laut auf.

»Gesilein«, fragte ich sie leise und massierte zärtlich ihren Nacken, »was hast du denn?«

»Ach«, hauchte sie, »ich habe Angst vor der Zukunft.«

»Wieso denkst du jetzt an die Zukunft?«

»Ach, du weißt doch, was ich schon alles durchgemacht und verloren habe, Mann und Gesundheit, und ich hab einfach Sorge, dass das Glück, das ich gerade in den Armen halte, auch wieder verlorengeht. Ich weiß doch gar nicht, was du über mich denkst nach dieser Nacht. Ich hab doch so was noch nie gemacht!«

Ich drückte sie kurz noch fester an mich und streichelte ihren Kopf, rückte dann ein Stückchen ab und schaute ihr im Dämmerlicht der Nacht in ihre Sternenaugen.

»Aber Gesilein, das geht mir doch genauso, ich hab so was auch noch nie gemacht und ich weiß auch nicht, was du jetzt von mir hältst. Aber ich weiß, dass ich dich ganz arg lieb habe und dass wir genau das Richtige getan haben und dass ich dich nie loslassen und verlieren will.«

Ich küsste sie zart, sie erwiderte den Kuss heftig und kuschelte sich wieder eng an mich und schmiegte ihren Kopf in meine Armbeuge. Bevor der Schlaf den Rhythmus ihres Atems bestimmte, raunte ich ihr noch zu:

»Das nächste Stück des Weges möchte ich mit dir gemeinsam gehen!«

Sie gab noch ein wohliges kurzes Brummen von sich, dann schlief sie ein.

WR

Heidelberger Herz

Mit einer freudigen Erregung war Gesine an diesem Silvestermorgen erwacht. Es war nun der fünfte Jahreswechsel, den sie ohne ihren Mann durchstehen musste. Seit Rüdigers Tod vor fünf Jahren, hatte sie dieses Datum stets ignoriert. Was sollte sie auch tun? Erwartungen hatte sie an das neue Jahr nie verspürt und alleine feiern ist ohnehin trübsinnig. Nein, sie ließ sich nicht anstecken und verbrachte den Tag wie jeden anderen des Jahres. Nur am Neujahrsmorgen verspürte sie eine leise Schadenfreude, wenn sie den verkaterten Gestalten beim Fegen der Straße zusah. Sie selbst war frisch und ausgeschlafen.

Nur wozu? An einem solchen Tag gab es nichts und niemand, der für eine energiegeladene Gesine Verwendung gehabt hätte.

Doch für diesen Jahreswechsel hatte sie sich mit einer Bekannten, die ebenfalls alleine und Mitglied des Trauergesprächskreises war, zusammengetan. Sie wollten gemeinsam das Silvesterkonzert der Heidelberger Philharmoniker im Kongresszentrum besuchen. Für den weiteren Abend hatte Gesine ein kleines Menü vorbereitet. Mit Dorothee wollte sie auf das neue Jahr anstoßen, einige melancholische Gedanken austauschen und die Freundin dann zu deren Tochter, welche ganz in der Nähe wohnte, fahren.

Der Abend versprach unterhaltsam zu werden.

Und tatsächlich fing er beschwingt an. Die Philharmoniker boten leichte Muse gekonnt dar und der General-Musikdirektor war so hin- und her gerissen, dass er Zugabe um Zugabe dirigierte. Die Musiker folgten ihm. Es blieb ihnen ja nichts anderes übrig, auch wenn sie von ihren Familien wahrscheinlich sehnlich erwartet wurden.

Endlich hatte der Dirigent ein Einsehen und entließ Orchester und Publikum mit der Hoffnung, dass niemand einen Tisch für 20.00 Uhr reserviert hätte.

Gesine und Dorothee hatten selbiges nicht getan und machten sich entspannt auf den Weg zu ihrem Auto in der Tiefgarage.

Zunächst trafen sie im Foyer einen gemeinsamen Bekannten aus dem Trauergesprächs-Kreis, mit dem sie eine Weile plauderten, und dann verabschiedeten sie sich mit den besten Wünschen für den Jahreswechsel von ihm.

Während Gesine das Auto langsam der Ausfahrt der Tiefgarage zusteuerte, entdeckte Dorothee in einer der Parkbuchten ihren Freund aus dem Trauergesprächskreis, dessen Gesicht jetzt jedoch von einer zornigen Röte überzogen war.

Mitfühlend erkundigte sich Gesine nach dem Grund des Unmuts.

Zerknirscht gab Alexander zu, dass er beim Aussteigen vergessen hatte, das Scheinwerferlicht des Autos auszuschalten.

»Oh«, mischte sich Dorothee ein, »ich habe da eine Automatik, die das Licht ausschaltet, wenn ich den Motor abstelle.«

»Eine solche Automatik habe ich auch«, gab Alexander sarkastisch zurück. »Immer wenn die Batterie leer ist, geht automatisch das Licht aus. Mit der leeren Batterie springt jetzt der Wagen natürlich nicht mehr an.«

»Nun, da heute sicher keine Starthilfe zu bekommen ist, schlage ich vor, du legst einen Zettel hinter die Windschutzscheibe, mit dem Hinweis, dass du wegen einer Panne, den Wagen erst am 2. Januar holen kannst«, schlug die praktische Gesine vor. »Dann steigst du bei mir ein und feierst mit uns.«

Blitzschnell saß Alexander auf der Rückbank des Autos und grinste freudig.

Langsam, aber sicher verließen die drei das Parkhaus und fuhren gen Ziegelhausen. Das vorbereitete Menü reichte, ebenso wie der Sekt, für drei. Gesine durfte nichts trinken, da sie ja noch einige Meter fahren musste. Zu diesem Zeitpunkt drängte sich die Frage auf, wie Alexander wohl nach Dossenheim käme.

»Ja, habt ihr in Ziegelhausen kein Hotel?«, fragte er mit unschuldiger Miene.

»Doch, mehrere, aber so kurzfristig dürfte es am heutigen Abend schwer werden, ein freies Zimmer zu bekommen«, versetzte Gesine, um gleich darauf ihr Gästezimmer anzubieten. Kaum war ihr der Satz entschlüpft, hätte sie sich ohrfeigen können. Was mussten jetzt Alexander und Dorothee von ihr denken?

Dorothee zog denn auch scharf die Luft ein und runzelte die Stirn. Alexander dagegen lächelte erfreut und bedankte sich. »Oh je, was soll das werden«, dachte Gesine, damit hatte sie eigentlich nicht gerechnet.

Dorothee bezog sicherheitshalber die Decken im Gästezimmer und konnte nun nicht mehr um die Moral bangen. Widerstandslos ließ sie sich von Gesine zu ihrer Tochter fahren. Draußen herrschte dicker Nebel mit einer Sichtweite von unter fünf Metern. Bei diesem Wetter wäre eine Fahrt über eine größere Entfernung unverantwortlich gewesen.

»Und wenn er in der Badewanne schläft«, dachte sie, »ich fahre ihn jetzt nicht heim ...«

War auch nicht nötig. Als sie zurückkam, saß Alexander entspannt in ihrer Couchecke und fühlte sich wie zu Hause.

»Komm, setze dich noch einen Moment zu mir, lass uns ein Schlückchen Sekt trinken, dann gehe ich ins Badezimmer«.

So schnell wurde da jedoch nichts draus. Die Luft zwischen den beiden Körpern erwärmte und der Abstand verringerte sich. Es endete damit, dass das Bettzeug wieder vom Gästebett geräumt wurde.

Im Morgengrauen dachte Gesine noch: »Dass man sich in meinem Alter noch so verknallen kann! Nie hätte ich gedacht, dass mit dem neuen Jahr jemand in mein Gefühl und mein Bett einzieht.

Irgendwie muss doch was dran sein, an dem in Heidelberg verlorenen Herzen.«

MN

Gefangene des Herzens – Teil 1

»Liebes Brautpaar! Gestatten Sie mir, bevor wir zum Höhepunkt und Abschluss der Traufeier kommen, einige persönliche Worte. Sie wissen ja, wie viel Freude es mir bereitet, ausgerechnet Sie beide …«

Die Worte des Pfarrers lenken Julians Gedanken in die Vergangenheit und wandeln sie in Erinnerungen.

War es wirklich schon zwei Jahre her, dass er die heftige Sehnsucht nach Normalität und Zweisamkeit nach langer Zeit wieder verspürt hatte? Das streng reglementierte Eingesperrtsein zusammen mit anderen Männern zerrte an seinen Nerven und trieb ihn langsam in die Depression. Dazu kamen die Träume von einem anderen Leben, die ihn immerzu quälten und lockten. Sicher, er saß wegen Totschlags schon zehn Jahre lang ein, hatte aber die Aussicht, nach zwölf Jahren vorzeitig entlassen zu werden. Die Zukunft, die stetig näher rückte, ängstigte ihn. Was würde aus ihm werden? Wie schön wäre es, nach der Entlassung eine feste Bindung zu finden, die ihm Halt im neuen Leben gäbe!

Als er davon hörte, dass so mancher Insasse während der Haft heiratete und die Reststrafe erlassen bekam, sprach er die Vollzugshelferin darauf an. Sie nahm ihn ernst und erklärte ihm, dass man in der JVA auch heiraten könne, das käme aber nur selten vor. Sie zeigte ihm auf, wie das ganze Verfahren ablaufen würde: Briefkontakt, Telefonkontakt, Besuch, Pfarrer, Standesbeamter, Eheschließung im Besucherraum und höchstens ein Dutzend Gäste.

Sie vermittelte Julian Briefkontakte zu Frauen draußen. In seiner

Annonce nannte er sich »Einsamer Ritter in rostiger Rüstung, der auf eine Fee wartet, die ihn daraus befreit.« Er war verblüfft, wie viele ansprechende Reaktionen von Frauen er erhielt. Eine sagte ihm besonders zu, und sie tauschten über etliche Wochen Briefe miteinander aus. Als er ein Foto von ihr sah, geriet er ins Schwärmen: liebes, ovales Gesicht, lange schwarze Haare, kesses Näschen, traurige, graue Augen, volle Lippen. Er malte sich ein Leben mit ihr aus, er wollte alle seine Gedanken, Aufmerksamkeit und Energie auf sie lenken und ihr immer dankbar sein. Ihre Stimme in den folgenden Telefongesprächen verstärkte seine Gefühle. Sie beschlossen, sich zu treffen. Ob ihr die Superhelden-Tätowierungen auf seinen Oberarmen gefallen würden? Was sie wohl zu seinem Delikt sagen würde? Auf einem Gartenfest hatte er vor Jahren in betrunkenem Zustand mit einer Frau, die auch zu viel getrunken hatte, Sex gehabt. Und da er nicht gewollt hatte, dass jemand ihre erregten Lustschreie hörte, hatte er ihren Mund in die Erde gedrückt. Er hatte sie nicht töten wollen. Der Richter hatte ihm das aber nicht abgenommen, die Indizien sprächen gegen ihn.

Zweimal im Monat wurde seiner Besucherin ein Regelbesuch gestattet und als sie heiraten wollten auch noch zwei Langzeitbesuche. Wie freute er sich, als er merkte, dass sie seine Gefühle erwiderte. Sie gestand ihm, dass sie sich in ihn verliebt habe, als sie seine strahlend-blauen Augen gesehen habe. Sie stellten fest, dass sie füreinander geschaffen waren, das sähe man ja schon an ihren Namen: Juliane und Julian. Auch vom Alter her passten sie zusammen.

Es interessierte ihn sehr, warum sie sich mit einem Häftling einließ.

Er hatte von verschiedenen Gründen gehört. Von Frauen mit einem ausgeprägte Muttertrieb, von Hypersexuellen, die einen kräftig gebauten Mann suchten, von arroganten Frauen, die der Gesellschaft zeigen wollten, wie man einen Strafgefangenen richtig resozialisiert, von intelligenten Frauen wie Bankerinnen, Journalistinnen, Dozentinnen, die eine solche Ehe eingehen wollten, weil sie die Dankbarkeit schätzten, die solche Männer ihnen entgegenbrachten.

Aber er wollte Juliane noch nicht danach fragen; seine Freude, sein Glück waren so groß, dass er daran nicht dachte. Dass sie lebensklug war, hatte er in ihren Gesprächen schon bemerkt.

Ein sachter Stoß an seine Rippen holt ihn in die Gegenwart zurück.
»Wo bist du denn mit deinen Gedanken? Der Pfarrer spricht jetzt die entscheidenden Worte!«

Sein Blick schweift schnell durch den Besucherraum des Gefängnisses, der zur Feier der Trauung ein wenig hergerichtet ist: weißes Tischtuch, Kaffeegeschirr, Kaffee und Kuchen, vier Stühle, für sie beide, den Anstaltspfarrer und den Standesbeamten, zwei Freundinnen von ihr, einer seiner Freunde.

Auf die Frage des Pfarrers antwortet er »Ja, ich will!« und schaut seine Braut mit seligen Augen an. Die Frage, was seine Schwiegermutter wohl sagen wird, schießt ihm durch den Kopf. Seine Eltern leben schon lange nicht mehr.

»Sie dürfen die Braut jetzt küssen!«

WR

Gefangene des Herzens – Teil 2

»Willst du, Juliane, den hier anwesenden Julian zum Manne nehmen, ihn lieben, ehren und ihm die Treue halten, bis dass der Tod euch scheidet?«Die Frage des Pfarrers hängt im Raum, doch Juliane steht im Nebel, aus dessen undurchsichtigem Dunst die Stimme an ihr Ohr dringt. Einen Mann, der nicht da ist, kann man super gut lieben, denkt sie. Ob das auch noch so sein wird, wenn er aus der derzeitigen Passivität in ihr Leben kommt und dort eigene Meinungen vertritt?

So eine Verbindung will gründlich durchdacht werden, und genau das hat sie monatelang auch getan. Doch jetzt ist Schluss mit lustig, gerade geht es ans Eingemachte. Selbstverständlich wird sie »Ja« sagen. Aus diesem Grunde ist sie da. Doch in ihrem Kopf läuft eine Platte wieder von vorne los. Juliane runzelt die Stirn und hört im Geiste die mahnenden Worte ihrer Mutter. »Willst du dich wirklich an einen Knacki binden?« Nun, zur Not könnte sie sich auch ein drittes Mal vor den Scheidungsrichter begeben. Damit hat Juliane schon richtig Routine. Aber statistisch gesehen zeigen Scheidungsraten bei Gefängnisehen keine Auffälligkeiten auf.

Wegen Totschlags sitzt Julian schon seit zehn Jahren. Eine Heirat lässt die Aussicht auf vorzeitige Haftentlassung nach zwölf Jahren steigen, was sicher ein nicht unerheblicher Grund für seinen Heiratsantrag gewesen ist. Die Resozialisierung verheirateter Gefangener war einst als günstig eingestuft worden. Die Statistiken sehen das allerdings nicht mehr so rosig, dennoch hofft sie auf eine lange und glückliche Ehe.

Wäre Juliane nicht so brav gestrickt, bestünde die Gefahr, dass sie ihren Ehemann zu weiteren, neuen Delikten anstacheln würde. Dann wäre sie mit einem lukrativen Selbstständigen verheiratet. Beamtenpension hätte zwar mehr Perspektive, doch eine Position als Gangsterbraut könnte auch erstrebenswert sein. Leichen müssten ja keine dabei anfallen, ein honorabler Diebstahl täte es auch.

Liebt sie ihren Julian? Sie kennen sich doch kaum und haben sich immer nur hinter Gittern getroffen. Ein Zusammensein wäre auch nach der Heirat nur selten und unter strengen Regeln möglich. Warum geht sie diesen Weg? Leidet sie am Helfersyndrom? Sicher, er braucht sie und das ist nach zwei gescheiterten Ehen mit Männern, die immer alles besser wussten und konnten, auch für sie eine angenehme Erfahrung. Findet sie es etwa schick, im Bekannten- und Verwandtenkreis als »Engel von Mannheim« dazustehen? Kaum jemand wird sie so sehen, die halten sie doch alle für leicht »bekloppt«. Ist es Sehnsucht nach einem starken Beschützer? Sie unterdrückt ein hysterisches Kichern. Da hätte sie mit der Wahl eines verurteilten Totschlägers ziemlich danebengegriffen. Eventuell sehnt sich ihr Unterbewusstsein nach einem starken Mann. Männlich eben, kein Weichei oder Softie. Ein starkes Argument wäre seine Dankbarkeit und die Treue ist zumindest zwei Jahre lang staatlich garantiert. Fremdgehen ist, ebenso wie Ausgehen, nicht zu befürchten. Mit Zärtlichkeiten wird er Juliane nicht überhäufen können, da traute Zweisamkeit an solchen Orten nicht gepflegt wird. Es wird einen Rahmen für die »eheliche Pflichterfüllung« geben. Doch schon der Gedanke daran löst Unbehagen bei der jungen Frau aus. Nein, Erotik war nicht die Triebfeder, die zur Liaison mit diesem ungewöhnlichen Mann geführt hat. Einen verständnisvollen, kompetenten Gesprächspartner hat sie gewonnen, was ihr nach zwei enttäuschenden Verbindungen mit Männern, die nicht zuhören konnten und sie nicht schätzten, äußerst begehrenswert erscheint.

Begonnen hatte es mit einer Annonce im Lokal-Anzeiger, in der ein »einsamer Ritter in rostiger Rüstung« eine Brieffreundschaft suchte. Den Stil dieser Anzeige fand Julia ansprechend, und so hatte sie geantwortet. Im weiteren Verlauf der Brieffreundschaft zeugte Julians Schreibstil von einer gewissen Herzensbildung, die sie für ihn einnahm. So entstand ein regelmäßiger Kontakt mit dem »Knast-Bruder«.

Im Laufe ihrer über Monate hinweg regelmäßigen Besuche im Gefängnis hatte sie sich in ihn verliebt. Seine blauen, lustig blitzenden Augen ließen Juliane vergessen, wer er ist und wo er lebt.

»Es muss Liebe sein«, sagt sie sich, als ein Räuspern sie aufschreckt. Der Pfarrer schaut sie ungeduldig an, und ihr Zukünftiger hat ein ängstliches Flackern in den Augen, als ob er befürchte, sie könne »Nein« sagen.

Doch alle Bedenken beiseite schiebend, holt sie tief Luft und sagt laut und vernehmlich »Ja, ich will.«

MN

Charlotte in Weimar

Alte Scheunen brennen gut.

Charlotte brennt nicht. Es interessiert sie nur, was aus dem Knaben wurde, mit dem sie vor vierzig Jahren, während ihrer Studentenzeit in Heidelberg, eine heftige Affäre hatte.

Na ja, was man damals halt für heftig hielt. Sie muss grinsen.

Inzwischen ist sie gut verheiratet, hat zwei erwachsene Kinder nebst Schwiegerkindern und in drei Monaten wird sie Oma.

Ein Lebenslauf wie aus dem Trivialroman.

Johannes ist ein viel gelesener und hochgelobter Schriftsteller geworden. Selbstverständlich hat Charlotte alle seine Bücher gelesen, sich jedoch keine Kritik erlaubt. Ihr Mann hat nur eines gelesen und mehr als bissig kommentiert.

Charlotte stört sich ein wenig an den Starallüren, die ihr Ex-Freund an den Tag legt. Dennoch würde sie ihn gerne, nach so vielen Jahre, wiedersehen und sprechen. Selbstverständlich in allen Ehren. Sie ist eine hundertprozentige Ehefrau, Mutter und bald auch Großmutter.

Warum erzählt sie dann ihrer Familie, dass sie nach Weimar fahren will, um ihre Schwester, zu der sie kein wirklich gutes Verhältnis hat, zu besuchen?

Noch nicht einmal sich selbst will sie eingestehen, dass sie eigentlich Johannes wiedersehen möchte, der sich auf einer Lesereise derzeit in Weimar aufhält.

Ihre Schwester hat sie noch immer nicht besucht, wohl aber ist sie heute schon zum dritten Male auf einer von Johannes' Lesungen in einer Weimarer Buchhandlung.

Wie immer signiert Johannes am Ende der Lesung seine Bücher. Da Charlotte keines kauft, streift er sie nur mit einem gelangweilten Blick.

Das kränkt sie schon gewaltig. Mit über sechzig ist sie noch eine attraktive Frau. Es ist doch wirklich nicht zu viel verlangt, wenn sie die Erwartung hegt, dass auch er sich an ihre gemeinsam verbrachten Tage erinnert. So belanglos sind die jetzt auch wieder nicht gewesen. Bei dieser Dumpfbacke muss Charlotte wohl mit dem Zaunpfahl winken.

Sie stellt sich in die Reihe der Wartenden, die alle ein neu gekauftes Buch an ihren Busen drücken. Da bei Charlotte nur die neue, hochelegante und sündhaft teure Bluse zu sehen ist, sieht Johannes noch immer durch sie hindurch. Langsam wird Charlotte sauer! Süffisant fragt sie: »Kennen wir uns nicht?«

»Doch, Charlotte, natürlich kenne ich dich. Wie du siehst, habe ich jedoch zu tun und für Smalltalk keine Zeit. Wenn du weiter nichts willst als ein Wiedererkennen, würde ich jetzt gerne mit dem Signieren weitermachen.«

Charmant lächelt er die Dame hinter Charlotte an und streckt die Hand nach dem Buch aus.

»Für wen darf ich schreiben?«

Das war jetzt eine verbale Ohrfeige. Charlotte hat Mühe, die Contenance zu wahren.

Aufreizend langsam dreht sie sich um und schreitet hoch erhobenen Hauptes auf den Ausgang zu. In ihr kocht es. Aber das wird sie diesem Grasdackel nicht zeigen. Ihrem Mann kann der doch nicht mal das Wasser reichen. Wolfgang hat Stil und Souveränität und nicht dieses aufgeblasene Getue. Morgen früh wird sie endlich ihre Schwester besuchen, dann baldmöglichst den Abflug machen und nach Hause fahren. Pfffff.

Am nächsten Morgen jedoch wird ein Briefumschlag unter ihrer Hotelzimmertüre hindurchgeschoben. Neugierig schlüpft Charlotte aus dem Bett um nachzusehen, ob das schon die Rechnung ist oder …

Es ist oder … Johannes schickt ihr eine Theaterkarte und kündigt ihr ein Taxi an, welches sie um 19.30 Uhr abholen und zum Theater bringen wird. Augenblicklich ist die Schwester vergessen, da Charlotte dringend zum Friseur muss. Für einen Theaterbesuch hat sie kein passendes Kleid dabei. Am Nachmittag ist also eine Shoppingtour angeraten.

Amüsiert bemerkt sie, als sie das neue Kleid aufs Bett legt, dass es stark demjenigen ähnelt, welches sie damals bei einem Kinobesuch mit Johannes in der »Kamera« trug. Übermütig trennt sie den obersten Knopf am Ausschnitt ab. Das hat sie auch damals getan und selbigem Johannes geschenkt, der ihn in seinem Portemonnaie verwahrte. Geld sah Charlotte damals keines in dieser Börse. Ihre Kinokarte hat sie selbst bezahlt.

Das sieht heute wohl anders aus. Ob der Knopf auch noch Quartier in der Geldtasche hat?

Ob Johannes heute Abend noch genau so fasziniert in Charlottes Dekolleté linst?

Fast fühlt sie sich wie ein Teenager vor dem ersten Rendezvous oder Date, wie man das heute nennt.

»Unfug«, schilt sie sich. »Ich bin von einem Jugendfreund ins Theater eingeladen worden. Mehr nicht.« Aufgedonnert stöckelt sie aus dem Hotel und schlüpft in das Taxi, ärgerlich darüber, dass ihr nicht Johannes die Wagentür aufhält, sondern der Chauffeur. Johannes kann sie ihr gar nicht aufhalten, da er nicht mitfährt. Schlimmer noch, im Theater ist sie auch alleine unter lauter Fremden.

»Jetzt reicht es. Morgen fahre ich heim«, grummelt es in ihr. »Was glaubt der denn?«

Desillusioniert stürmt sie aus dem Theater in das wartende Taxi. Sie erschrickt heftig, als sie im Fond des Wagens eine Gestalt wahrnimmt.

Es ist Johannes, der sie vom Theater abholt. Immerhin!

»Jetzt komme ich doch noch zu einem Gespräch und Gedankenaustausch«, freut sich Charlotte.

Satz mit X, war wohl nix! Von Austausch kann keine Rede sein. Es spricht nur einer, nämlich Johannes. Von der Anzahl seiner veröffentlichen Titel, seinen Auflagen, seinen Honoraren, seinen Reisen … Blablabla, mein Haus, mein Boot, mein Pferd. Von den obligatorischen Bildern einer attraktiven Ehefrau, wohlgeratenen Kindern und den Traumpartnern eines Schwiegervaters bleibt sie, dank der Dunkelheit im Auto, verschont. Sie wird auch nicht an die Hotelbar zu einem »Absacker« eingeladen.

Was Charlotte als angenehm empfindet. Sie hat genug von diesem Mann. Sie erinnert sich an den Aphorismus von Christoph Georg Lichtenberg: »Wer in sich selbst verliebt ist, hat bei seiner Liebe wenigstens den Vorteil, nicht viele Nebenbuhler ertragen zu müssen.«

Charlotte jedenfalls ist in diesem Moment froh, nicht den Namen dieses aufgeblasenen Fatzkes tragen zu müssen.

Sie flieht, nach einer knappen Verabschiedung, förmlich aus dem Auto. Den fehlenden Knopf am Kleid, der ihn an ihre gemeinsame Vergangenheit erinnern sollte, hat Johannes gar nicht bemerken können, da es erstens dunkel im Auto war und sie zweitens den Mantel nicht ausgezogen hatte.

Morgen wird Charlotte ihre Schwester besuchen und dann nichts wie nach Hause in ihre heile Welt ohne Starallüren, zu Wolfgang und den Kindern.

MN

Muttertag

Sonja hob den zerzausten Blondschopf aus den Kissen und rümpfte ihr sommersprossiges Näschen. Ihre Augen, die in ihrem Blau an Delfter Kacheln erinnern, blickten skeptisch. Es roch hier irgendwie nicht so gut.

Behände schwang sie ihre schlanken Beine aus dem Bett und wandte ihren nicht weniger schlanken Körper der Tür zu. Da sich ihre Blase gemeldet hatte, wollte sie auf dem Weg zur Toilette der Ursache dieses Geruchs auf den Grund gehen.

Ein Gedanke ließ sie mitten in der Bewegung stoppen. Der Bettvorleger rutschte weiter und sie konnte sich nur durch einen beherzten Sprung aufs Bett vor einem Sturz retten.

Gerade hatte ihr gedämmert, dass heute der Tag der Tage für jede Mutter im Lande angesagt war. Ein solcher Tag konnte nur von einem Junggesellen ohne jeglichen familiären Anhang erfunden worden sein. Für jede denkende und fühlende Frau war dieser Tag schwerste Haftverschärfung.

Schließlich war Frau nicht nur Mutter, sondern gleichzeitig Tochter, Schwiegertochter und Enkelin. Neben der huldvollen Annahme der familiären Ehrungen standen auch noch Pflichten an.

Doch der Geruch, der ins Schlafzimmer drang, verhieß wahrlich keine kulinarischen Perlen. Da man ihr ein verfrühtes Erscheinen während der Vorbereitungen übel vermerken würde, blieb ihr nichts anderes übrig, als die Beine zusammenzukneifen und den Harndrang zu unterdrücken.

Immer wenn man nicht kann, muss man besonders heftig. Das Winseln des Familienhundes »Freunderl«, einem frechen Beagle mit lustigen Schlappohren, ließ darauf schließen, dass das Tier ähnlich gelagerte Probleme hatte. Der Hund schien ebenfalls mit übereinandergeschlagenen Beinen bei der Wohnungstüre zu stehen, um mit drängenden Lauten ein Familienmitglied dazu zu bewegen, mit ihm rauszugehen.

Sonja wünschte ihm inbrünstig Erfolg. Das Wischen und Beseitigen der Pfütze würde an ihr hängen bleiben. Während sich ihre Zwillingssöhne Konstantin und Alexander lautstark stritten, wer von ihnen heute an der Reihe war, mit Freunderl um die Häuser zu gehen, wurde das Winseln des Hundes immer kläglicher.

Sonja litt mit ihm und hoffte, dass, wenn er es nicht mehr halten konnte, der See wenigstens auf den Fliesen in Flur, Bad oder Küche angelegt wurde. Auf Teppich oder Parkett wäre es am übelsten.

Ihr Ehemann und Haushaltsvorstand Christian hatte sich zum Projektleiter des Unternehmens »Muttertag« emporgeschwungen und donnerte ein entschlossenes Machtwort durch die Wohnung: »Wenn jetzt nicht einer mit dem Hund raus geht, dann …« Ja, was? Obwohl seine Stimme den Klang eines gymnasialen Studienrats angenommen hatte, dessen Oberprimaner sich gerade zu Revoluzzern mauserten, erfuhren weder Sonja noch die Jungs, was dann geschehen würde. Vorerst jedenfalls nichts. Nur Freunderl winselte nicht mehr, was allerdings keineswegs zur Beruhigung der Hauptperson des Tages beitrug.

Dafür kündigte ein Klirren an, dass das feine Teeservice aus dem großmütterlichen Erbe zukünftig keinen Platz im Geschirrschrank mehr beanspruchen würde. Kein Mensch käme auf die Idee, das Frühstück in Teetassen zu servieren, doch für Konstantin und Alexander waren die hauchdünnen Schalen der Inbegriff der Eleganz und damit wollten sie ihre Mutter ehren.

Wenigstens blieb ihr nun das Spülen dieser wertvollen Erbstücke erspart und der Kaffee konnte aus anständigen Tassen genossen werden.

Falls frau das, was da so penetrant roch, als Kaffee durchwinken und trinken konnte. Doch schon drang ein weiteres Geräusch in

Sonjas geweitete Gehörgänge. Wie bei einem Terrier stellten sich ihre Ohrmuscheln auf und registrierten ein sirrendes Geräusch.

Das klang nach leerlaufendem Mixer. Es sollte wohl Milchshake geben und der liebe Christian vergaß vor lauter Hund völlig, den Deckel auf die Maschine zu setzen. Das Ergebnis dürfte nun in apartem Muster die Küchenwände herunterrinnen.

Bitte mach, dass es keine Heidel-, Brom- oder Himbeeren waren, betete Sonja still. Helle Früchte sind zwar auch schlimm, doch Rot und Blautöne waren kaum zu überstreichen.

In Sonjas Bauch machte sich ein grummelndes Gefühl des Zornes auf ihre Männer breit. Männer waren das Ergebnis eines verkrüppelten Chromosoms. Bei Hunden kannte sie sich mit den Gen-Trägern nicht so aus, doch wenn das bei denen auch so war, dann hatte sie vier dieser Mängelexemplare frei Haus.

Nun durfte sie Pfützen aufwischen, Scherben fegen, Küche streichen, musste dünnen, lauwarmen Kaffee, verbrannte Toasts, harte Eier und fehlende Milchshakes loben und die dankbare Mutter spielen.

Vor der Schlafzimmertür kündigte indes aufgeregtes Wispern größere Ereignisse an. Wurde auch langsam Zeit, die Blase hielt nicht mehr lange durch.

Die Tür öffnete sich und legte den Anblick von vier männlichen Wesen in derangiertem Zustand frei. Da standen ihre Männer. Nur Freunderl hatte einen zufriedenen, entspannten Gesichtsausdruck. Er hatte sich, wie muss man nicht wissen, dem allzu Hündischen entrissen.

Christians Krawatte gelang es nicht, von seinen blitzenden braunen Augen und seinem stets lächelnden Mund abzulenken. Der Kulturstrick hatte wohl zum Aufwischen des Milchshakes herhalten müssen.

Das Outfit der Zwillinge war, was die Sauberkeit betraf, nicht unbedingt tauglich für die »Klementine«-Werbung. Dennoch blickten ihre ebenfalls blitzend-braunen Augen Zustimmung heischend zu ihrer Mutter. Die kleinen Mündchen waren blau verschmiert. Also Heidelbeer-Milch!!!!

Und doch stieg ein warmes, stolzes Gefühl in Sonja hoch: Für wen hatten sie all dies auf sich genommen? Sonjas Blase hielt dicht, doch um Augen und Nase wurde es feucht.

MN

Dialog am Tisch

Die Haustür wird aufgeschlossen und wieder ins Schloss geworfen. Ein Gegenstand fällt geräuschvoll auf die Dielenkommode. Geräusche um 17.30 Uhr. Der Hausherr ist von der Arbeit heimgekehrt.

N'Abend, Schatz, was gibt's zu essen?

Das ist wieder typisch! Kommst verfressen nach Hause und willst gleich essen. Warum begrüßt du mich nicht erst mal freundlich und gibst mir einen Kuss, wie der Herr Müller von unter uns es mit seiner Frau macht?!

Aber Monika, ich kenne dessen Frau doch gar nicht!

Immer diese dummen Witze. Jetzt geh und wasch dir die Hände, es gibt Kohlrouladen und die warten schon auf dich.

Warte ich auch auf die? Ich beeil mich ja schon.

Nun, Schatz, wie war dein Tag? Viel geschafft?

Willst du mich wieder gleich ärgern? Frag mich doch gleich, ob ich wieder durchgeschlafen habe. Ich weiß doch, was du von uns Beamten hältst.

Aber nein, Liebling, ich hab's ernst gemeint, ich weiß doch, dass der Donnerstag dein schwerer Tag ist. Deswegen hab ich dir auch dein Leibgericht gemacht, Kohlrouladen.

Lecker sehen die ja aus, ob sie auch so schmecken? – Hmm, ja, aber ist nicht zu wenig Kümmel dran? Du willst wohl wieder getrennt schlafen heut Nacht!?

Meine Güte, bist du geladen heute! War wohl doch ein frustrierender Tag? Hat deine Sekretärin dich nicht geküsst?

Du und deine dämliche Eifersucht! Ich hab doch nur gemeint, dass du zu wenig Kümmel genommen hast. Wenn du nur so gut kochen könntest wie meine Mutter!

Wenn du doch nur so viel Geld nach Hause bringen würdest wie mein Vater. Aber ich sehe, es schmeckt dir.

Ja, eigentlich schon, ich nehm doch glatt eine zweite Roulade.

Das freut mich, ich möchte heut Nacht nicht ohne dich schlafen. Ich hab noch eine Überraschung für dich!

Zu der braucht man keinen Kümmel?

Nein, nein nur ein bisschen Pfeffer im Hintern.

Schatz, komm, ich helf dir beim Abwasch!

MN + WR

Öfter mal »Näää« sagen

In der Schule hätte dieses Wort zuvorderst auf dem Lehrplan stehen sollen. Das wichtigste Wort ist selbstverständlich »nein«. Jedes Kleinkind kann das noch vor »Mama« und »Papa«.

Doch egal ob nää, noi, nee, no, niet … es wäre doch unmissverständlich gewesen. Doch da dieses Wort wohl nirgends gelehrt wurde, wird es heute von mir selten ausgesprochen und falls doch, von der Gegenseite nicht verstanden.

»Kannst du am Mittwoch Kira aus dem Kindergarten abholen?«, fragt meine Schwester beiläufig am Telefon.

»Mittwochs habe ich meinen Yoga-Kurs«, antworte ich tapfer.

»Na, den kannst du doch mal ausfallen lassen«, ist die schnippische Antwort meines Schwesterleins, »oder ist dir der wichtiger als dein Patenkind?«

»Das ist jetzt schon das dritte Mal in diesem Monat, dass du mich mittwochs um einen Gefallen bittest«, versuche ich demütig meinen Freiraum zu retten.

»Ach«, zischt meine Schwester. »Bist du mal wieder auf dem Ego-Trip? Komm runter, ich verlass mich auf dich.«

So geht das Tag für Tag. Alle wollen was von mir. Dienstleistungen, Geld, Auto, Ratschläge und vieles mehr. Das macht mir doch sicher nichts aus. Doch, macht es, was aber einfach nicht zur Kenntnis genommen wird.

»Du musst dir deinen Freiraum erkämpfen und durchsetzen«, sagt mein Mann, und der muss es wissen, setzt er seinen Freiraum mir gegenüber doch permanent durch.

»Schatz, kann ich dein Auto haben, meines ist in der Werkstatt.«

Ohne eine Antwort abzuwarten, schnappt er sich den Autoschlüssel vom Schlüsselbrett.

»Nein«, schrei ich entschlossen. »Ich will zum Yoga-Kurs.«

»Den kannst du doch mal ausfallen lassen«, meint nun auch mein Göttergatte.

»Nein«, wiederhole ich stur. »Du hast gesagt, ich soll mich durchsetzen.«

»Aber, doch nicht bei mir«, entgegnet er. Mit fassungslosem Gesicht, die Autoschlüssel in der Hand, knallt er die Wohnungstür hinter sich zu.

MN

Karneval

Es ist so weit, es herrscht die fünfte Jahreszeit.

Heike ist in dieser Zeit vor allem an den Berliner Pfannkuchen interessiert. Das war früher anders. Sie kann sich noch gut an durchtanzte Nächte erinnern, nach denen sie morgens kurz geduscht hatte und dann übergangslos ins Büro gegangen ist. Nach Dienstschluss ging es mit dem nächsten Faschingsball weiter. In dieser Art hat sie die ganzen tollen Tage und Nächte durchmachen können. Es ging ihr gut dabei. Sie war ja noch jung. Heute sieht das anders aus. Da genügt schon eine Prunksitzung, nach der sie erst gegen Mitternacht zu Bett kommt, und schon hat sie am nächsten Morgen Kopfschmerzen.

»Man müsste noch mal zwanzig sein«, denkt sie manchmal. Aber den ganzen Stress noch einmal durchmachen will sie auch nicht, so verzichtet sie auf den Besuch in der Altweibermühle und pflegt ihre Gebrechen. »Man wird wirklich nicht jünger.«

Wie bereits erwähnt, kann Heike sich noch gut an die fünfte Jahreszeit früher Jahre erinnern.

Vor allem an einen bestimmten Lumpenball in den mittleren Jahren ihrer Ehe.

Der Lumpenball fand immer am Faschingsdienstag bis Mitternacht statt. Dann kam die Demaskierung, und die Fastenzeit, die bis Ostern dauerte, begann.

Ab dann war Schluss mit lustig.

Aber auf diesen Lumpenball hatte sich Heike sehr gut vorbereitet.

Tagelang hatte sie, obwohl als Schneiderin nicht sehr begabt, genäht, dass die alte Nähmaschine glühte, und das Ergebnis konnte sich durchaus sehen lassen.

Für ihren Mann Hans hatte sie ein Harlekin-Kostüm mit Gesichtsmaske geschneidert und für sich selbst einen Domino-Anzug. Selbstverständlich ebenfalls mit Gesichtsmaske.

Tagelang freute sie sich auf den Lumpenball.

Heike hatte den Vorteil, dass sie das Kostüm von Hans kannte. Sie hatte es ja hergestellt.

Das ihre hielt sie vor ihrem Mann geheim.

Sie wollte sich den Spaß gönnen und ihren Hans inkognito beobachten.

Doch, wie das Schicksal so spielt: am Nachmittag des Faschingsdienstags schien es, als sei alle Mühe und Vorfreude umsonst gewesen. Heike hatte schreckliche Kopfschmerzen und überhaupt keine Lust mehr auf den Ball. Sie wollte nur noch ihre Ruhe.

Also sprach sie zu dem Mann ihres Herzens: »Hans, geh du alleine hin, ich nehme zwei Tabletten und lege mich ins Bett. Bis morgen bin ich dann wieder fit.«

Folgsam schnappte sich Hans sein Harlekin-Kostüm und dampfte ab in Richtung Feuerwehrgerätehaus.

Heike tat wie angekündigt, sie nahm zwei Tabletten und legte sich ins Bett.

Zwei Stunden später erwachte sie, wie durch ein Wunder fit und schmerzfrei.

Nun tat es ihr um den versäumten Abend leid und sie beschloss, verspätet doch noch zum Lumpenball zu gehen. Sie könnte Hans beobachten und seine Verblüffung bei der Demaskierung um Mitternacht genießen.

Da sie das Kostüm kannte, fiel es ihr nicht schwer, ihren Mann im Gewimmel auf der Tanzfläche auszumachen.

Und wie eng der tanzte. Fast fielen seine Augen ins Dekolleté seiner üppig ausgestatteten Partnerin. Da hörte sich doch alles auf!

Noch empörter war Heike, als ihr vermeintlich treuer Hans sie bei der nächsten Tanzrunde aufforderte. Er konnte ja nicht wissen, dass in dem Domino seine eigene Frau steckte.

Heike war empört. Der Mann flirtete, dass Casanova vor Neid erblasst wäre.

Heike vermied es, zu sprechen, um nicht an der Stimme erkannt zu werden. Dafür wurde sie jetzt heftig geküsst, was gar nicht so unangenehm war. Heike küsste instinktiv zurück.

Das wurde ihr dann doch zu viel und sie verschwand kurz vor der Demaskierung durch den Hinterausgang des Feuerwehrgerätehauses und eilte nach Hause.

In ihr kochte es. Dieser scheinheilige Ehemann würde morgen was erleben.

Für den Moment war sie zu wütend für eine Aussprache. Also versteckte sie ihr Kostüm in der Besenkammer, legte sich ins Bett und stellte sich schlafend, als Hans heimkam.

Beim Frühstück am nächsten Tag fragte sie scheinbar arglos: »War es nett gestern Abend?«

»Ach, du weißt doch, dass es ohne dich keinen Spaß macht. Mit anderen Frauen mag ich nicht tanzen. Mit ein paar Kumpels habe ich mich ins Hinterzimmer zurückgezogen und den ganzen Abend Schafskopf gespielt.«

Heike fehlten die Worte. Dass ihr Hans so lügen konnte, machte sie fassungslos. Da setzte ihr Mann nach: »Du glaubst aber gar nicht, was der Typ für einen Spaß hatte, dem ich mein Kostüm geliehen habe. Skandalös, wie sich die Damen ranschmeißen, wenn sie sich unerkannt glauben.«

MN

Helena

»Irgendwie müsste das alles mal gebügelt werden.« Helena zog die Stirn kraus, was die Falten in ihrem Gesucht nicht unbedingt glättete.

Es war ihr sechsundsechzigster Geburtstag und sie stand, barfuß bis zum Hals, vor dem großen Spiegel in ihrem Ankleidezimmer und zog Bilanz.

Wie ihre Eltern auf die verrückte Idee kamen, sie ausgerechnet auf den Namen Helena – die Schöne – zu taufen, war ihr nach über 60 Jahren noch immer schleierhaft. Ihrer Meinung nach hatte sie wenig mit der »Schönen« gemeinsam.

Angefangen bei den Senk-, Spreiz-, Knick- und Plattfüßen, mit denen sie schon ihre ersten Schritte gewatschelt war, bis ganz nach oben, zu den dünnen »Schnittlauch-Locken«.

Nur der nicht ganz billigen Kunst des Frisörs war es zu verdanken, dass die völlig geraden, dünnen Fusseln nicht in stumpfem Mausgrau ihr Dasein auf Helenas Kopf fristen mussten.

Was zwischen Plattfüßen und spärlichem Haarwuchs lag, war kaum der Rede wert.

Beine, Po und Busen eindeutig zu dünn und mickrig. Wobei letztere unnötigerweise auch noch der Erdanziehung nach unten folgten und durchhingen. Um Ausgleich bemüht, wölbte sich in der Mitte des Leibes, der Bauch stramm nach vorne und der Rumpf war nach außen tailliert.

Die »Ziehharmonika-Falten« des Halses könnte man in einem Rollkragen verstecken, aber wenn man das Doppelkinn auch mit hineinstopfte, sah das irgendwie grotesk aus.

Ein Kleidungsstück, das ihr gut zu Gesicht stehen würde, war der Faltenrock, aber da war der Bauch im Wege, der die Falten im Rock wieder ausbügelte.

Helena seufzte tief und murmelte: »Derartige Altbausanierungen nimmt keine Kosmetikerin der Welt vor – und für chirurgische Behandlungen fehlen mir die Mittel.«

Als sich der Blick von ihrem Spiegelbild löste und über die Garderoben-Schränke des Ankleidezimmers glitt, zog ein glückliches Lächeln ihre Mundwinkel nach oben. Mit dieser Hilfe hatte sie es noch immer geschafft, die baulichen Mängel des Leibes zu vertuschen und für das Gesicht gab es Kosmetika.

Nun, da der Blick des Geburtstagskindes nicht mehr auf ihrem Spiegelbild ruhte, bemerkte es nicht, dass sich durch ihr positives Lächeln das Problem von ganz alleine gelöst hatte. Die Falten waren viel weniger deutlich zu sehen.

Es gibt Frauen, die stundenlang vor dem Spiegel sitzen, um sich zu schminken und manchen Frauen genügt ein Lächeln für wenige Sekunden, um ihr Gesicht strahlen zu lassen.

Jetzt war es wichtig, sich mit Hilfe der Mediziner um die nachlassende Kraft der Organe und des Körpers zu kümmern. Denn, was nützt alle Schönheit, wenn man sie nicht nach draußen tragen kann?

MN

Gottfried und Amina

Da steht er nun am Wohnzimmerfenster seines behaglichen und warmen Hauses. Hinter ihm knistert das Kaminfeuer und vor ihm steht ein Teller mit Weihnachtsgebäck und eine dampfende Tasse Tee. Ein richtig besinnlicher Weihnachtstag, doch er starrt gedankenvoll-unruhig aus dem Fenster auf die verschneite Straße vor dem Haus. Ob seine Frau Amina ihn wohl zu Weihnachten besuchen wird? Sie hat es zwar in Aussicht gestellt, Südfrankreich zu verlassen, um mit ihm zu feiern, ist aber doch recht unzuverlässig. Auch seine Tochter will ihre Mutter nach langer Zeit endlich mal wiedersehen. Er schließt die Augen, seine Gedanken gehen zurück.

Vor acht Jahren hat sie ihn bei Nacht und Nebel verlassen und ist nach Südfrankreich gegangen. Er war völlig ahnungslos, warum sie das tat. Es hatte keinen Streit gegeben, keine Missstimmung. Am Morgen nach seinem 40. Geburtstag war die andere Hälfte seines Bettes leer gewesen, nur das Babybettchen mit seinem süßen Töchterchen nicht. Ein Gespräch über ihr Verhältnis hatte nie stattgefunden.

Wie oft hat er sie angefleht, zu ihm zurückzukehren. Er liebe sie immer noch, würde sie gern wieder im Arm halten, ihr wieder Füße und Hände wärmen. Tee würde er für sie kochen und ihr Plätzchen anbieten, die er selber gebacken hat. Und hoffen würde er, dass sie alles huldvoll annehmen und bei ihm bleiben würde.

Es ist ja nicht so, dass sie nicht mehr miteinander reden würden. Mehrmals wöchentlich telefonieren sie und er besorgt ihr Medikamente und schickt sie nach Südfrankreich.

Als Amina damals ihre Schwangerschaft bekannt gab, war klar, dass das Kind nicht von ihm sein konnte. Es stammte aus einer Liaison mit ihrem Arabisch-Lehrer. Als die Kleine dann geboren war und seine Frau ihn nicht lange nach der Geburt verließ, kam er zu der Überzeugung, dass das Kind ja nichts dafür konnte, zog die Kleine auf und gewann sie lieb.

Ein Depp bin ich, brummelt er vor sich hin. Meine Frau hat mir Hörner aufgesetzt, ein fremdes Kind untergeschoben, mich verlassen, und ich winsele immer noch um ihre Liebe. Seit Fatima wusste, dass er nicht ihr leiblicher Vater war, behandelte sie ihn schäbig und widersetzlich. Als er sie gestern bat, ihr Smartphone bei Tisch auszuschalten, schleuderte sie ihm wieder ins Gesicht: »Von dir lasse ich mir nichts vorschreiben oder verbieten, du bist ja nicht mein Vater!«

»Ich bin wirklich ein Trottel!«, grummelt er wieder vor sich hin. »Soll ich mir das wirklich noch weiter bieten lassen? Ich sollte sie vielleicht in ein Internat stecken.«

Trotz alledem will er Amina zurück haben, er liebt sie ja noch. Wenn sie da wäre, würde sich auch sein Verhältnis zu Fatima verbessern, da ist er sich sicher.

Gottfrieds Sinnen verklingt, er öffnet die Augen und wendet sich resigniert seinem erkalteten Tee und dem Gebäck zu. Amina will vergessen werden.

Amina steht im Schnee, nicht weit entfernt von dem Haus, aber so, dass sie das Haus zwar sehen, jedoch von ihm aus nicht gesehen werden kann. Sie sieht Gottfried am Fenster stehen. Was ihm wohl durch den Kopf geht? Er wartet doch auf sie. Soll sie ihn wirklich besuchen? Sie zögert.

Sie war vor 20 Jahren als junge Frau in dieses Haus eingezogen, hatte es als Hausfrau geführt und später ihre Tochter bekommen. Im Rückblick waren es glückliche Zeiten, die sie hier verbracht, aber für vermeintlich bessere eingetauscht hatte.

Sie war eine gut versorgte Mutter mit Haus, einem erfolgreichen Ehemann und einem süßen Töchterchen gewesen. Was hatte sie dazu getrieben, sich mit ihrem Arabisch-Lehrer einzulassen? Es war wohl ein Überfall der Liebe gewesen. Dass Gottfried diesen Fehltritt einfach nicht zur Kenntnis nehmen wollte, steigerte ihre Schuldgefühle. Am Morgen nach seiner Feier zum 45. Geburtstag packte sie heimlich einen Koffer und fuhr mit ihrem Lehrer nach Südfrankreich. Ein klarer Schlussstrich. Sie stand zu ihrer Schuld, hatte ihren Mann verlassen und wollte ein eigenes Leben führen, was sich als schwieriger herausstellte, als sie erwartet hatte.

Gottfried hatte das Kind angenommen, obwohl klar ersichtlich war, dass er nicht der Vater sein konnte. Nie hatte er die Vaterschaft offen angezweifelt. Fatima trug seinen Namen, wusste jedoch, dass ihr leiblicher Vater der Arabisch-Lehrer ihrer Mutter war. Gottfried nahm die Kränkungen hin und rechnete immer mit ihrer Rückkehr. Er half ihr nach Kräften, besorgte Medikamente, regelte Arzt- und Behördenbesuche und hielt die Verbindung zwischen ihnen beiden und der Tochter. Ohne seinen monatlichen Scheck, kam sie nicht über die Runden. Aber sie kann doch nicht zu Gottfried zurück, auch wenn die Versuchung groß ist, sie kennt sich doch, sie hätte dann ein gutes Auskommen, weiß aber nicht, ob sie der Versuchung, wieder mit dem Feuer zu spielen, widerstehen würde. Bleibt sie, empfindet sie ihren Ehemann als lebende Anklage und auch von ihrer Tochter ist keine Hilfe zu erwarten. Jedoch versorgt und geliebt wäre sie. Sie müsste nur zu erkennen geben, dass die verlorene Ehefrau und Mutter heimkehrt.

Entschlossen zielt sie mit dem rechten Zeigefinger auf den Klingelknopf.

MN + WR

Die Vision

»Tanzturnier um den 21. Speyerer Orchideenpokal …«

Das war's doch, das wäre doch das Richtige für ihn! Er wollte schon immer das Mosaik seines Lebens um den Mosaikstein des Tanzens erweitern, auch wäre das wieder mal ein Erstlings-Erlebnis.

Sportlich war er, und der Tanzsport reizte ihn. Dieses Turnier würde er sich anschauen.

W. fand sich rechtzeitig in der Stadthalle ein und einen guten Platz an einer langen Tischreihe in der Nähe des Ausgangs, durch den die Paare in den Saal kommen würden. Der Saal füllte sich schnell; er hätte gar nicht gedacht, dass sich so viele Leute für den Tanzsport interessierten, aber natürlich waren ja auch zahlreiche Freunde, Bekannte und Angehörige der Tänzer und Tänzerinnen dabei.

Was für ein Leben und Wuseln in einem heiteren Stimmengewirr! Welch festlicher Anblick die herrlichen Tanzkleider der Damen, eine ganze Palette von Farben, rot, blau, grün, gelb, die verschiedenartigsten Kreationen, das schöne Geschlecht in traumhaften Roben, das Haar hochgesteckt, wehendes Haar widersprach den Regeln und störte die Harmonie; die Herren alle in Schwarz, in einheitlichen Anzügen mit hoher Taille und ohne Gürtel. W. wollte bei Gelegenheit herausfinden, warum. Jeder Herr trug eine Nummer auf dem Rücken.

Die Turnierleitung rief die Tanzpaare zu den beiden Tanzstilen Latein und Standard in immer neuen Gruppierungen in den Saal, zuerst zur Vorrunde, dann zur Qualifizierungsrunde. Für die körperliche Stärkung sorgten einfache Speisen und Getränke in der Eingangshalle.

W. fand großen Gefallen an den Standard-Tänzen und staunte über die mannigfaltigen Tänze, die die Paare beherrschen mussten, Walzer, Tango, Foxtrott, Quickstepp. Wie die Paare sich beim Walzer drehend über das Parkett zu schweben schienen! Was für ein prachtvolles Farbenspiel die Damen in ihren bauschenden Kleidern boten!

Besonders ein Paar fand W.s Beifall und bannte seinen Blick. Die Frau faszinierte ihn, hochgewachsen, schlank, königsblaues Kleid, hochfrisiertes Haar – W. liebte die Hochfrisur bei Frauen – mit blauem Haarschmuck, offenes, ovales, freundliches Gesicht, Make-up zum Kleid passend, Stupsnase, süße Lippen – oh wie gerne würde W. die küssen! Die Augenfarbe konnte W. aus der Entfernung nicht erkennen. Aber was war mit ihrem Partner? War es ihr Mann oder nur ihr Tanzpartner? Letzteres wünschte sich W. Führte der Mann sie beim Tanz, oder führte sie ihn? W. würde diese Traumfrau traumhaft führen! Eine Tanzrunde führte die beiden nahe an W. vorbei. Sein Blick hing an ihr fest. Sie machten eine Drehung, und ihre Augen blitzten in seine, hatte sie ihn kurz angeschaut? Eine zweite Drehung, war da nicht ein leichtes Lächeln zu ihm hin auf ihren Lippen? W. atmete, etwas benommen, tief ein. Bestimmt hatte sie ihm zugelächelt!

W. verfolgte die beiden gedankenverloren. Sie kamen in die Endrunde und waren unter den ersten drei Siegerpaaren.

Beim Auszug aus dem Saal kamen sie ganz nahe an ihm vorbei. Als sie auf seiner Höhe waren, berührte die Frau sacht seine Schulter, blickte ihn an und fragte: »Kennen wir uns nicht?« Ein sanfter Stromschlag fuhr in seinen Körper, in sein Herz, sein Denken setzte aus, er brachte nur ein einziges unüberlegtes, verrücktes »Noch nicht!« über die Lippen. Die beiden gingen weiter.

W. spürte, dass eine wohlige Wärme ihn ergriff, insbesondere seinen Rücken. Ein Wecker rasselte, eine zarte Hand glitt auf seinen

Bauch und massierte ihn behutsam, eine weiche Stimme flüsterte in sein Ohr: »Schätzchen, deine Körperwärme ist mein Leben, aber ich muss jetzt aufstehen!« Er knurrte behaglich, öffnete seine Augen und sah in ein liebliches Gesicht. Bevor er antwortete, schaute er auf das große Foto an der Wand, es zeigte die Tänzerin und ihren Mann.

WR

Strandgut

Das gibt's doch nicht! Dass auch mir so etwas passiert! Charlotte! Wir saßen am gleichen Tisch mit vier anderen Gästen im Restaurant, haben uns dort natürlich am ersten Abend auch gesehen und gegenseitig vorgestellt, aber dann galt doch unser erstes Interesse dem vorzüglichen, reichhaltigen Büffet: Suppe als Vorspeise, umfangreiches Salatbüffet mit Salaten der Saison, der Frühling verwöhnt ja gesundheitsbewusste Menschen. Jeden Abend gab es zwei Hauptgänge, man konnte wählen zwischen Fisch oder Fleisch, jeweils mit verschiedenen Beilagen wie Kartoffeln oder Nudeln in den verschiedenartigsten Zubereitungen, und zum Nachtisch gab es immer besondere Kreationen wie Rhabarberconfit an Eierlikör-Espuma. Der Koch war ein sehr kreativer kulinarischer Künstler.

Dem Leib geschah Gutes und er fühlte sich in diesem Gästehaus wohl.

Die Seele lebte auf am Strand, auf dem Sand, in der solehaltigen Meeresluft bei langen Spaziergängen, allein dem Wind widerstehend, Muscheln suchend für zu Hause, zu sich findend und Ruhe genießend.

Dass auch dem Herzen Glück beschieden sein würde, hatte ich nicht erwartet.

Natürlich ergaben sich am Tisch viele Gespräche. Schließlich wollte man sich kennenlernen. Bruchstücke von Biografien oder gar ganze Lebensgeschichten wurden aufgetischt, Interessen verglichen, Gemeinsamkeiten herausgefunden. Ich blickte dich häufig an und zu meiner Freude erwidertest du diese Blicke. Deine grünen Augen waren weich und freundlich, dein dunkelblondes Haar fiel sanft auf deine Schultern, jeden Tag warst du anders gekleidet, immer geschmackvoll, mal sportlich, mal elegant, mal verspielt. Es tat mir gut, dein attraktives, liebes Gesicht anzuschauen und deiner sanften, klaren Stimme zu lauschen.

Vormittags gingen einige Gäste gerne allein den Strand Richtung List nach Norden hoch oder Richtung Süden nach Hörnum hinunter. Nachmittags nahmen viele an den Veranstaltungen des Gästehauses teil.

Eines Vormittags war ich wieder allein am Strand unterwegs. Mich zog es nach Süden, Richtung Hörnum. Ich wollte so weit laufen, bis ich das Hochhaus von Westerland nicht mehr sehen konnte, bis ich nur noch von Sand, Dünen, Wasser, weißen Wolken und Sonne an einem blauen Himmel umgeben war, allein mit mir selbst, versunken in zurückweichende Erinnerungen.

Da sah ich auf einmal dich, kräftig ausschreitend, ein paar Schritte vor mir. Mein Herz und meine Füße beschleunigten sich. Ich nahm meine Schultern zurück und eine gerade Haltung ein (wie ich das in meinem Gymnastik-Kurs gelernt hatte) und folgte dir.

Als ich dich eingeholt hatte, holte ich tief Luft und Mut und sprach dich an. Wir unterhielten uns über das Wetter, die Insel, das Gästehaus. Da erblickte ich ein Stück weit vor uns die Hinweistafel des Strandcafés. Dich zu fragen, ob ich dich zu einem Kaffee einladen dürfte, fiel mir nun leicht, und wie erfreut war ich, als du zusagtest!

Die lange Holztreppe auf die Düne hinauf zum Café war auf einmal gar nicht mehr so beschwerlich. Beschwingt fanden wir einen Tisch am Fenster mit einem weiten, wunderbaren Blick auf die See. Uns zu unterhalten, fiel uns gar nicht schwer, nie entstand eine Pause. Wir erzählten uns von unserem Leben, unseren Berufen, unseren Interessen. Auch was wir überhaupt nicht mochten, war Thema. Wir wollten uns nicht nur oberflächlich kennenlernen. Ganz besonders teilten wir die Liebe zu dieser Insel, zur See ganz allgemein und zu Kreuzfahrten, von denen wir beide etliche unternommen hatten. Mir gefiel deine philosophische Betrachtung, dass die Menschen unterwegs sind auf einer Kreuzfahrt auf dem Meer des Lebens, angetrieben von einer Sehnsucht, die ein jeder anders definiert. Wenn du geahnt hättest, welche Sehnsucht auf einmal in mir aufkeimte! Ob du die wohl teiltest? Wie sollte ich mich verhalten?

Wir kamen überein, uns zu duzen.

Der Kaffee schmeckte in diesem Café bemerkenswert gut. Unsere Unterhaltung machte uns kuchenhungrig. Du standst als Erste auf, dir ein Stück Torte auszusuchen. Als du zurückkamst, den Teller mit dem Tortenstück in der linken Hand, kraultest du sanft und kurz die Haare auf meinem Kopf. Da fuhr ein Blitz durch mich durch, vom Scheitel bis in die Zehenspitzen. Er entzündete ein Gefühl in mir, das ich lange, lange nicht erlebt hatte.

Mich durchzitterte ein Zauber, ein Zauber wie er nach Hesse jedem Anfang innewohnt. Ein drittes Auge tat sich mir auf, ich blickte auf einmal verklärt erst auf dich, dann auf die Welt. Zurückblickend weiß ich heute, dass dieser Blitz den Keim zu einer neuen Liebe in mein Herz pflanzte. Charlotte! Dass uns so etwas passierte! Ich war 75 Jahre alt, du 72. Ich hatte immer etwas mitleidig gelächelt, wenn ich von einer Liebe in diesem Alter hörte! Und jetzt …!

Da mir klar war, dass gewöhnlich die Frau den ersten Schritt macht, wenn sie bereit ist, dass ein Mann ihr näherkommen darf, wuchs mein Mut. Auf dem Rückweg umfasste ich mit meinem rechten Arm deine Taille. Du ließest es geschehen und lächeltest mich aufmunternd an. Ich half dir die kurze Stiege vom Strand hinauf auf die Promenade, indem ich dir hilfreich die Hand reichte. Den ganzen Weg auf der Promenade zum Gästehaus hielten wir uns an der Hand. Ob irgendjemand erstaunt oder gar empört geschaut hat, weiß ich nicht. Meine ganze Aufmerksamkeit galt dir.

An den folgenden Tagen waren wir immer zusammen. An den folgenden Abenden, bevor wir die jeweiligen Zimmer aufsuchten, wagte ich es, dir einen kurzen Kuss auf die Wange zu geben, den du nach zwei, drei Tagen erwidertest. Ich fühlte mich im siebten Himmel! Wir unternahmen die Strandwanderungen zusammen, bei den Ausflügen des Gästehauses sah man uns nebeneinander im Bus sitzen. Natürlich kapselten wir uns nicht ab, wir wollten ja nicht zu stark auffallen.

Aber uns wurde immer stärker klar, dass wir nicht nur gemeinsam den Strand entlang wandern würden, sondern den Rest unseres Lebensweges.

Charlotte, das Schicksal kann nicht nur austeilen, das hatten wir ja auch erfahren. Es kann auch Geschenke überreichen!

WR

Angst

Er stand sinnend und überlegend in seinem Arbeitszimmer. Seine Frau lag Fernsehen guckend im Wohnzimmer auf dem Sofa.

Seit der niederschmetternden Nachricht beschäftigten sich seine Gedanken immerfort mit ihr und ihrem Schicksal. Ihre Gedanken folgten dem Schicksal einer Frau in einem Liebesfilm.

Er versuchte, sich vorzustellen, dass sie einmal nicht mehr da sein könnte. Er vermochte es nicht, sie lag ja unten auf dem Sofa. Aber er wusste, dass es einmal so sein würde. Ihre Krankheit lenkte ihr Leben, und damit seines. Der ruhige Fluss ihres Lebens näherte sich einem Wasserfall, dessen Rauschen er erahnte. Die sorgenfreie Selbstverständlichkeit ihres Lebens war einem Zittern und Zagen gewichen, das ihn nicht mehr freigab. Wie würde es sein, wenn sie nicht mehr da wäre? Wie würden seine Tage verlaufen, wenn er allein durch die Zeit liefe? Sie hatten so viele schöne Reisen und Unternehmungen unternommen – war das alles jetzt vorbei? Konnte er gut genug für sich kochen? Er war es nicht gewohnt, im Restaurant zu essen. Hatte er genug von ihr mitbekommen, um das Heim wohnlich und gemütlich zu halten? Wie würde es sich anfühlen, wenn er allein in ein leeres Haus heimkam? Und nachts in ein kaltes Bett stieg, das keiner mit ihm teilte? Wenn er sie nicht mehr von draußen durch das Küchenfenster erblickte und sie ihn mit einem liebevollen Lächeln begrüßte?

Aber sie lag doch unten und schaute fern.

Und wieder wurden seine Gedanken in die Zukunft gerissen. Hatte sie noch ein Jahr, oder weniger, oder mehr? Sein Blick wurde leer, sein Herz schwer, wieder vernahm er das Rauschen, das existenzielle Hintergrundrauschen der Sorge. Es durchzieht jedes Leben, so wie das kosmische Hintergrundrauschen den Kosmos durchweht. Gewöhnlich ist es nur leise oder gar nicht zu vernehmen, in schweren Zeiten wird es laut. Wenn er an seine Zukunft dachte, wurde das Rauschen stärker, und wenn er konkreter an die Zukunft dachte, schwoll die Sorge an zur brausenden Angst. Er holte tief Luft, wischte sich über die Stirn, schüttelte seinen Kopf frei von den Gedanken an die Zukunft und sagte sich:

»Sie liegt doch unten auf dem Sofa und schaut fern, ich muss runter und ihr die zweite Spritze geben.«

WR

Englische Weihnacht

Missmutig lümmelt Egon auf seiner flaumigen Wolke. Eigentlich sollte er froh und heiter gestimmt sein. Weilt er doch im Himmel und ist somit auf paradiesische Zustände abonniert.

Die Mühen des irdischen Daseins hat er hinter sich und vermisst sie wirklich nicht.

Allein die Tatsache, dass hier im Himmel der gleiche Weihnachtszirkus tobt wie auf Erden, lässt ihm das Hosianna auf den Lippen gefrieren. Überhaupt dieser ständige Gesang! Stets ein frohes Lied auf den Lippen und in den Augen ein andächtiges Strahlen.

Bäh, das Einzige, das ihn auf Erden diesen Hokospokus ertragen ließ, waren der Gänsebraten und das Festbier. Dergleichen war jedoch auf der himmlischen Speisekarte nicht vorgesehen. So war Weihnachten nur noch fade und unnötig stressig.

Wenn er ehrlich war, musste er zugeben, dass das Federvieh auch zu groß geworden war für seine geschrumpfte Familie. Jetzt, da die Kinder aus dem Haus waren, gab es am Heiligen Abend Gans mit Maronenfüllung. Am ersten Feiertag gab es Gans mit Knödeln und Rotkohl. Am zweiten Weihnachtstag, man glaubt es kaum, stand Gänse-Weißsauer auf dem Tisch und seine Lotti war bestimmt die einzige Frau der Welt, die aus den Resten der Gans noch Marmorkuchen backen konnte. Er vermisste diese Speisen im Grunde »Gans« gewiss nicht.

Egon denkt nicht daran, sich von der allgemeinen Betriebsamkeit anstecken zu lassen. So was hat er hinter sich. Er ist im Ruhestand.

Sein sozial verträgliches Ableben verhinderte es, die Rente auf Erden zu genießen. Um der Wahrheit die Ehre zu geben, ganz unschuldig ist er nicht an seinem Unfall. Hätte er doch nur einen Fahrradhelm aufgesetzt. Auch wenn das seiner Schönheit abträglich gewesen wäre, seine Rente hätte ihm und Lotti einen sorgenfreien, gemeinsamen Lebensabend beschert.

So ist er eben ein himmlischer Rentner. Hauptsache »Nix werd gschafft«. Wer nicht isst und trinkt muss auch nicht malochen.

Da gerät sein Wölkchen in Schwingungen. Ein nicht unansehnlichen, weibliches Exemplar der himmlischen Heerscharen hat sich, völlig außer Atem, neben ihn plumpsen lassen und fächelt sich mit seinen Flügeln Luft zu. »Dieser Weihnachtsstress«, stöhnt sie.

»Selbst schuld«, kontert Egon mitleidslos. »Was düst du hier auch wie ein wild gewordener Starfighter durch die himmlischen Gefilde«?

»Na hör mal«, empört sie sich, »ist dir schon aufgefallen, dass bald Weihnachten ist? Anständige Engel haben jetzt volle Auftragsbücher. Es ist unverständlich, wieso man dich zum himmlischen, ewigen Leben eingeladen hat. Den lieben, langen Tag lümmelst du hier rum und nörgelst.«

»Na, ich muss doch sehr bitten, bei aller Bescheidenheit, möchte ich bemerken, dass ich zu Lebzeiten ein guter Mensch war und somit etliche Bonuspunkte sammeln konnte«, prahlt Egon. »Doch zurückhaltend, wie ich bin, will ich euch hier nicht im Wege stehen. Solltet ihr Hilfe benötigen, könnte ich als ehemaliger Bäcker in der himmlischen Backstube aushelfen. Die Punkte auf die Dominosteine malen oder den Speck um die Spekulatius wickeln. Du aber, was tust du gerade so Himmel- und Weltbewegendes?«

»Das Wohl meines Ehemannes liegt mir noch immer sehr am Herzen und ich möchte ihm ein frohes Weihnachtsfest bescheren.«

»Hey«, erbost er sich, »ein Engel ist die personifizierte Liebe und daher verpflichtet, alles und jeden zu lieben. Du hast nicht mehr nur einen Mann. Für meine Lotti muss ich gar nichts mehr tun, die hat, ganz selbstständig, ihr Glück gefunden und ist, weder Weihnachten noch sonst irgendwann alleine. Der Partner scheint ein nettes Kerlchen zu sein. Was ich ihm auch dringend raten möchte. Wenn ich merke, dass er meine Lotti nicht anständig behandelt und rückhaltlos liebt, breche ich ihm alle Knochen.«

»Erstens, ist es nicht deine Lotti, wie du soeben richtig bemerktest, und zweitens gehen Gewaltandrohungen im Himmel schon mal gar nicht. Du darfst wohlwollend zusehen und dich freuen.

Schau, auch Hugo, mit dem ich verheiratet war, bevor mir ein Herzinfarkt hierher verhalf, hat eine liebe Frau gefunden und teilt seit einiger Zeit seine Interessen mit ihr. Das freut mich sehr, ich kann jetzt tatsächlich etwas langsamer treten.«

Kurzsichtig peilt Egon in die Richtung, in die die Flügelspitze zeigt und nickt erfreut«. Ja, das ist meine Lotti. Und du meinst, der nette Mann an ihrer Seite ist dein Hugo?«

»Das meine ich nicht. Das weiß ich. Vierzig Jahre lang war ich mit ihm verheiratet, glaube mir, ich kenne ihn. Das ist ja ein Ding, da hat der Himmel wohl die Finger im Spiel gehabt.«

»Schön, das wäre also erledigt. Wir haben beide Grund zur Freude, da unsere Zurückgelassenen ebenfalls wieder lebensbejahend in die Zukunft blicken. Hoffentlich gibt es dereinst, wenn die beiden zu uns stoßen, was Anständiges zum Anstoßen. Apropos anstoßen, würde es dir etwas ausmachen, wenn ich bei der himmlischen Weihnachtsfeier neben dir säße?«

MN

Die letzte Kreuzfahrt

Wie wohlig war es, sich vom sanften Schaukeln des Schiffes in den Schlaf und im Schlaf wiegen zu lassen! Sie klammerten sich aneinander und wollten sich am liebsten gar nicht mehr loslassen. Es war ihre dritte Kreuzfahrt und sie hatten eine Außenkabine mit Balkon gebucht. Die Balkontür stand offen und die Seeluft strich leicht über ihre Gesichter, und seine Hand massierte sacht ihren Rücken. Sie brummte behaglich.

Die frische Meeresluft und die erlebnisreichen Tage mit zum Teil abenteuerlichen Unternehmungen machten sie abends schnell müde, und sie strebten nach dem abwechslungsreichen Abendessen und einer unterhaltsamen Abendshow alsbald in Morpheus' und ihre eigenen Arme.

Sie waren dankbar für ihre neue, innige Zweisamkeit, denn das Schicksal war rüde mit ihnen umgesprungen. Beide hatten vor einiger Zeit ihre Partner verloren, Krebs war der heimtückische Diener seines unerbittlichen schwarzen Herrn, und dieser hatte auch sie schon an der Hand gehabt, aber doch bald wieder losgelassen. In einem Trauerkreis hatten die beiden sich getroffen und kennengelernt und waren nach einigen Jahren in einen »Ring aus Feuer« gefallen, der sie nicht mehr freigab. Jetzt stand ihnen der Sinn danach, noch möglichst viel von ihrem blauen Planeten zu sehen.

»Ach, Wolfgang«, hauchte sie ihm ins Ohr, »ich bin so froh, dass wir uns haben. Hat das Schicksal versucht, an uns etwas wieder gutzumachen? Ich hoffe, dass wir immer zusammenbleiben.«

»Natürlich, Gesine, das werden wir. Beide haben wir die Endlichkeit des Daseins erfahren, jetzt hoffen wir auf ein kleines Stück

Unendlichkeit.« Wolfgang deutete auf den Sternenhimmel: »Schau, da siehst du schon ein Stück von ihr!«

Still betrachteten sie den Sternenhimmel und versanken in seinem Anblick, dann sanken sie sich in die Arme und in den Schlaf.

Da Klima und Wetter es erlaubten, beendeten sie alle ihre Reisetage mit der Betrachtung des Sternenhimmels. Sie suchten die bekanntesten Sternbilder und fanden Spaß daran, die weniger bekannten mithilfe ihrer Smartphones zu erkennen. Bei ihren eigenen mussten sie lachen: Gesine, die Jungfrau, und Wolfgang, der Stier – sie meinten, es müsste umgekehrt sein. Sie forschten auch nach den Planeten und wollten insbesondere den Mars und die Venus aufspüren, aber das gelang ihnen nicht.

»Es langt, wenn du mein Stier bist!«, lachte Gesine ihren Wolfgang an.

»Dann bist du meine Europa!«, gab er verschmitzt zurück.

»Und wohin willst du mich tragen?«, wollte sie wissen. »Und jetzt sag nicht ›ins Bett‹, denn da sind wir schon!« Sie lächelte ihn an und strich ihm liebevoll über die Wange.

»Nein, Liebste, du bist mein Stern, und ich möchte dich zu den anderen Sternen da draußen tragen!«

Sie klammerte sich an ihn: »Du weißt, ich könnte es nicht ertragen, ein zweites Mal die Erfahrung der Endlichkeit des Seins zu machen, das würde ich nicht überleben. Wir müssen immer zusammenbleiben, hörst du!«

»Gesilein, mir geht es doch genauso! Wenn wir gehen, dann sollten wir gemeinsam gehen!« Er blickte nach oben: »Hast du das gehört, Schicksal? Schicke nicht wieder Schlimmes!« Er blickte sie an: »Ob das Schicksal Humor hat?«

Das schaukelnde Schiff schickte ihnen Schlaf.

Die Tage zogen sich hin, tags sahen sie viel von der Welt und nachts viel von der Weite des Alls. Sie hatten den Eindruck, dass die Zeit immer schneller verflog und dass der Anblick des Sternenhimmels sich allmählich veränderte.

»Du, Gesilein«, machte Wolfgang sie eines Nachts darauf aufmerksam, »ich kann unsere vertrauten Sternbilder gar nicht mehr ausmachen. Das ist doch sehr seltsam, ich muss morgen mal mit einem Offizier sprechen, ich verstehe das nicht.«

Aus dem Halbschlaf heraus murmelte sie: »Kann es nicht sein, dass wir den Äquator überquert haben? Auf der Südhalbkugel gibt es doch andere Sternbilder.«

»Nein, nein, von denen würde ich auch ein paar wiedererkennen, wenigstens das Kreuz des Südens.« Seine Stimme klang ein wenig ungeduldig. »Na ja, morgen werde ich dem mal nachgehen.« Er hauchte ihr einen Kuss auf die Stirn und folgte ihr in den Schlaf. Sternbilder und Sterne wirbelten wild durch seinen Traum.

Der folgende Tag sauste durch die Zeit und war wieder so voll von Eindrücken, dass er seinen Vorsatz vergaß.

Kaum blickte er nachts von dem Balkon aus auf den Himmel, wurde ihm schwindlig und er wandte sich mit stolpernder Stimme an seine Frau: »Gesine, guck mal, was ist denn das? Die Sterne spielen verrückt, sie tanzen und toben über den Himmel.«

Gesine blickte von ihrem Buch auf und versuchte, Wolfgang zu beruhigen: »Liebster, das war doch gestern schon ähnlich. Vielleicht spielen ja deine Sinne verrückt, wir sollten morgen mal den Bordarzt aufsuchen und …«

»Nein, komm und sieh selbst. Was geht da bloß vor?« Mit fuchtelnden Händen wies er auf den Himmel.

Gesine trat neben ihn. »Mein Gott!«, entfuhr es ihr, und sie klammerte sich an Wolfgang. »Was geschieht denn da?«

Wolfgang stand stumm, sein Herz konnte kaum den Takt halten.

Die Sterne beschleunigten sich, rasten auseinander in immer weitere Fernen. Galaxien tauchten auf, rotierten immer rasender, zerstreuten sich, wurden immer kleiner.

Sie schwebten im Universum, ein Licht nach dem anderen verlosch, das ganze Universum war ein einziges Grau.

»Was bedeutet das?«, flüsterte sie.

»Das ist das Ende des Universums, die Entropie, die Sterne sind ausgebrannt, daher ist alles grau. Wir sind zusammen in der Ewigkeit. Das Schicksal war gnädig.«

Das Grau wurde immer schwächer, und sie lösten sich allmählich auf.

Aus der Ewigkeit wuchs ihnen ein feiner goldener Strahl entgegen.

WR

Die schwarze Petra auf dem Neckar

Petra war ein junges, schwarzes Schwanenmädchen. Eitel, wie junge Schwäne nun mal sind, versäumte sie es nie, ihr Spiegelbild zu bewundern, wenn sie so anmutig auf dem Neckar unterhalb des Heidelberger Schlosses dahinglitt. Wobei sie jedoch aufmerksam darauf achtete, nicht in die Schleuse zu geraten. Ein Schwan sollte diesen Abgang zwar überleben, doch zweifelsohne würde das Mädchen einige seiner schwarzen Federn lassen müssen. Dass die anderen Schwäne weiß waren, störte sie nicht im mindesten. Im Gegenteil, es erfüllte sie mit Stolz, ein solch glänzendes, schwarzes Gefieder vorweisen zu können. Es zeugte von einer Rasse, welche diese farblosen Buttermilch-Schwänchen nicht spreizen konnten.

Einer jedoch hatte es ihr angetan. Sie nannte ihn Carl-Theodor, und dieser versetzte sie regelrecht in Schwärmereien. Zwar war er ebenfalls weiß, jedoch von einem reinen Weiß, wie gebleicht. Was für ein Kerl! Majestätisch, groß und stolz glitt er über den Fluss und wich nie einem anderen Schwan aus.

Gutmütig erlaubte er jedoch oft Kindern und manchmal auch Erwachsenen, sich in sein Gefieder zu setzen und mit ihm eine Runde über den Neckar zu fahren. Petra wäre dies zu nervig und vor allem zu schwer gewesen. Carl-Theodor dagegen war groß und kräftig und hatte eine Engelsgeduld.

Petra richtete es stets so ein, dass sich ihre Routen auf dem Fluss kreuzten. Sie schlug dann züchtig die Augen nieder, blinzelte jedoch verstohlen und bemerkte, dass ihr Carl-Theodor sie nicht bemerkte. Stur sah er geradeaus und setzte seinen Weg fort.

Petra war empört. Sie war doch nicht zu übersehen, schwarz und schön wie sie war.

Zuerst schwamm sie tagelang hinter ihm her und als das nichts nützte, ging sie dazu über, neben ihm herzupaddeln. Zwar verjagte er sie nicht, schnäbelte aber auch nicht mit ihr.

Er beachtete sie nicht, sondern schwamm unbeeindruckt weiter. So ein sturer Vogel aber auch.

Als sich der Sommer dem Ende zuneigte, musste Petra sich eingestehen, dass sie sich Hals über Kopf in diesen großen, stolzen Schwan verliebt hatte.

Alle anderen Schwäne zogen in wärmere Gewässer um, Petra jedoch hielt ihrem Carl-Theodor die Treue.

Dann kam der Tag, an welchem der »Helden-Schwan« nicht mehr auf dem Fluss gesehen wurde.

Nur wer die Sehnsucht kennt, weiß wie sie litt. Der erste Liebeskummer in ihrem Schwanenherzchen. Und keine Mutterbrust, um sich auszuweinen. Die Familie war ja schon ins Winterquartier gezogen. Nur eine alte Schwänin, zu schwach, um wegzufliegen, harrte, gleich ihrer, am kalten Neckarufer aus. Mitleidige Stadtgärtner versorgten sie mit Futter und erlaubten ihr, im Bootshaus zu schlafen, wenn es gar zu kalt wurde. Zu ihr flüchtete sich das liebeskranke Schwanenmädchen und schüttete ihr Herz aus.

Die greise Schwanen-Veteranin wollte sich ausschütten vor Lachen.

Du dummes Schwänchen. Dein Angebeteter ist aus Holz, mit Farbe bemalt. Das ist ganz einfach ein Tretboot und dient der Bespaßung von Touristen und Einheimischen. Carl-Theodor hat weder ein Herz im Holz, welches für dich schlagen könnte, noch Augen im Kopf, um dich überhaupt zu bemerken. Die, die stur an dir vorbeiblicken, sind aufgemalt. Im nächsten Jahr bist du hoffentlich vernünftiger und ziehst mit deiner Familie ins Winterquartier. Wenn dieser Winter nicht zu streng wird, werden wir dich irgendwie durchbringen.

Na bitte, geht doch, dachte Petra. Fürs Erste war sie bei ihrem

Angebeteten. In den langen Winterabenden würde er schon noch auf den Geschmack kommen und mit ihr schnäbeln.

Sollte er ihr jedoch, wider Erwarten, die kalte Schulter zeigen, so hatte sie herausgefunden, dass er eine Menge Brüder hatte, die mindestens eben so gut aussahen und in einer Reihe im Bootshaus auf den Frühling warteten.

Und genau das würde auch Petra tun. Das alte Federvieh unkte doch nur neidisch, weil sie keine Chancen mehr hatte. Das schwarze Schwanenmädchen jedoch würde die ihre nutzen.

»Mein lieber Schwan.«

Doch im Frühjahr, als ihr das Neckarwasser noch ziemlich kühl um die Schwimmhäute plätscherte, kam sie nicht umhin, sich einzugestehen, dass sie bei Carl-Theodor keinen Flügelschlag weitergekommen war. In Schwanenkreisen war jedoch beobachtet worden, dass ihr Schwanenhals hin und wieder zum Wendehals wurde. Unterhalb des Heidelberger Schlosses paddelte ein »reingeschmeckter« männlicher Schwan – und der war schwarz!

Ein Schelm, wer Böses dabei denkt.

MN

Der Weg in den siebten Himmel

Ach, ist das aufregend! Schon seit einigen Monaten lebt Lisa mit ihrem Horst zusammen und alles ist harmonisch. Nun wollen sie heiraten. Ganz altmodisch, fühlen sie doch beide, dass das stimmig ist. Und die Verwandtschaft hat schon jetzt Tränen der Rührung in den Augenwinkeln. Ach, ist das aufregend! Ein Traum von Brautkleid hängt schon seit Tagen am Kleiderschrank. War irre teuer, doch man heiratet schließlich nur einmal. Hoffentlich hat ihr Vater geseufzt, der als Brautvater die Hochzeit ausrichten muss.

Lisa ist so aufgeregt, dass ihr chronisches Asthma wieder aufgebrochen ist. Bei Stress und Aufregung bekommt sie fast immer Hustenanfälle und Atemnot. Nicht auszudenken, wie peinlich es wäre, wenn sie vor dem romantisch gehauchten »Ja« einen Hustenanfall bekäme und nach Luft japsen müsste. Das geht ja nun mal gar nicht. Also sucht sie ihren Doc auf. Der verschreibt ihr, wie immer, Kortison. Wegen der kurz bevorstehenden Hochzeit in hoher Dosierung. Er ist sich sicher, dass das hilft, und wünscht der Braut viel Glück auf dem Weg in die Ehe.

So weit, so gut. Nur wie das bei Kortison so ist, Lisa nimmt zu. Und das vor dem schönsten Tag ihres Lebens! FdH hat keinen Zweck. Keine Diät und kein Sportprogramm kann diesen Speckrollen beikommen. Die gehen erst langsam wieder weg, wenn sie die Medikamente absetzt.

Es ist zum Mäusemelken, sie hat die Wahl zwischen Husten und Fett. Vorsichtig steigt sie in ihr Brautkleid, um zu sehen, wie sehr es spannt.

Es spannt überhaupt nicht – es geht erst gar nicht zu.

Lisa ist verzweifelt. Was soll sie nur tun? Sie wird sich ein Korsett bestellen, und zwar im Internet. Das geht diskret und sie läuft nicht Gefahr, beim Kauf von einer Bekannten beobachtet oder gar beraten zu werden.

Bei der Auswahl hat sie weniger auf die Optik als auf die Funktionalität geachtet. Der Speck muss weg.

Als das Teil dann geliefert wird, steigt sie achtlos hinein, um dann das Brautkleid überzustreifen.

Wie sie so in der Unterwäsche dasteht, kommt ausgerechnet Horst ins Schlafzimmer und schreit entsetzt auf: »Was ist das denn?«

Da der Bräutigam seine Braut vor der Hochzeit nicht im Brautkleid sehen soll, versucht Lisa ihn schnell wieder loszuwerden und murmelt einige Erklärungen zum Thema Medikamente und Übergewicht.

»Sag mal, hast du schon was von erotischen Dessous oder gar Reizwäsche gehört?«, fragt er gereizt.

Nicht minder aggressiv faucht sie:« Doch nicht zur Hochzeit, du Lustmolch«

»Warum nicht? Dieses Schweinderlrosa ist jedenfalls der reinste Liebestöter und die Form ähnelt einer Rüstung. Wie soll ich da zum Korpus Delicti vordringen. Da guck ich mir doch lieber einen Boxkampf im Fernsehen an.«

Na jetzt kommt Lisa aber in Fahrt: »Wie gut, dass ich deinen einfühlsamen Charakter schon vor der Hochzeit kennenlernen darf. Das bewahrt mich vor einem groben Fehler.«

»Ha, wie gut, dass ich vor der Hochzeit genauer hingeguckt habe. Sonst wäre ich fast meinem Sehfehler aufgesessen und wäre neben einer uneinnehmbaren Festung aufgewacht. Passieren wird dir unter dieser Rüstung nix. Da werde ich glatt zum Eunuchen.«

In blinder Wut tastet Lisa nach einem Gegenstand, den sie Horst ins Gesicht werfen kann.

Sie erfühlt einen kantigen Gegenstand und haut ihn ihrem Bräutigam auf den Schädel.

In der Nachbarwohnung hat man derweil den Fernsehapparat ausgeschaltet, da das Live-Programm von nebenan wesentlich interessanter ist.

Verschmitzt sieht der Nachbar seine Frau an und seufzt:« Des hät se sisch net im Internet beschtelle misse. Du hoscht die Dinger Schtabbelweis in de Kommod lieje und hätsch ere sischer eens geliehe.«

»Was willst du damit sagen?«

»Na, dass deu Unnerwäsch aa net grad von Beate Uhse schtammt un mir die Glotze alleweil lieber is als deun erodischer Aablick. Aua, muscht doch net glei mit de Äppel schmeiße, die werre so matschisch debei, un du weescht doch, dass ich feschte, knackische Äppelscher mag. Aua, sach emol, willscht Appelbrei mache?«

»Nein, der Obstkorb ist leer, mir geht die Munition aus. Aber nebenan hört sich das gar nicht gut an.

Weiß der Himmel mit welchen Waffen die sich duelliert haben und wer gesiegt hat. Man hört nur lautes Weinen und Stöhnen. Ich rufe jetzt die Polizei an.«

»Des konnscht doch net mache, des sinn unser Nochbern, die gucke uns nimmeh ooh.«

»Wenn ich nichts unternehme, ist das unterlassene Hilfeleistung, denn dass da was passiert ist, ist nicht zu überhören.«

»Also, isch geh jetzert niwer und klingel. Donn konnscht immer noch die Bollende hole.«

Er geht über den Flur und sie lauscht ihm ängstlich hinterher. Nach geraumer Zeit kommt er wieder und trägt ihr auf, einen Krankenwagen zu rufen. Die Turteltäubchen hätten sich ob des Korsetts derart in die Wolle bekommen, dass sie ihm die Whiskey-Flasche übergezogen hätte.

»Awer sie hawwe sisch noch immer gern und wolle negscht Woch heiere. Vorher muss er sisch awer sein Deez zsammefligge losse. Die wild Hummel hot in ihrer Verzweiflung ä Taxi kumme losse. Den Knilch hätsch der agucke misse. Än Schnorres, dass Dschingis Khan vor Neid erblasst wär und um die Gorgel än lila-gelb karierter Schal. Schun bei dere Farbzusammeschtellung grigscht Zahweh. Der hot ausgesehe wie ä großes Präsentei, dess vun Oschtern iwwerisch gebliewwe is. A den haw isch glei mol vun de Matt gejagt. Än Deitscher war des net. Isch hab bloß verschdanme, dass er Angscht um seu Audositze ghabt hot wesche dem viele Blut. Im Krongehaus fligge se den verhinerde Casanova widder sauber zsamme.

Noch der Hochzisch nimmt des Mädel jo kä Medikamende meeh un donn nimmt se aach widder ab und schenkt dir des Korsett. Achtung, denk dro, du hoscht kee Äppel meeh und die Blummevas hän mer von moinere Mudder zur Hochzisch kriegt. Wo willscht dann die fuffzisch rode Rose neudue, die isch dir zur goldene Hochzisch schenke will?

Versündisch dich net.«

MN

Unverhofft kommt oft ...

Oh, genau so etwas hatte Jette doch schon lange gesucht. Nicht gerade heute, aber doch schon so lange, dass sie es erfolgreich wieder vergessen hatte.

Schön, etwas zu finden, an das man gar nicht mehr dachte.

So war es ihr gerade ergangen, als sie müßig durch die Kleinanzeigen bei eBay surfte.

Da wurde ein »Bücherwurm« angeboten. Aus Holz geschnitzt, mit einem lustigen Gesichtsausdruck, wenn Jette das unscharfe Foto richtig gedeutet hatte. Zu haben war er ganz in der Nähe und der verhandelbare Preis las sich akzeptabel.

Jette sammelte diese spitzwegschen Ableger und dieser schien geeignet, ihre Sammlung zu bereichern.

Doch alleine traute sich die junge Frau nicht in eine fremde Wohnung oder ein fremdes Haus. Man hörte und las oft genug Einschlägiges. Es schien ratsam, für männliche Begleitung zu sorgen. Doch zuerst sollte geklärt werden, ob die Figur überhaupt noch zu haben war und, falls ja, wann eine Besichtigung und eventuelle Übergabe stattfinden könnte.

Via E-Mail kontaktierte sie den Verkäufer und bat um Klärung eben dieser Fragen.

Schon 10 Minuten später hatte sie eine freundliche Antwort auf dem Display.

Solange die Anzeige geschaltet sei, könne man den Wurm käuflich erwerben, und zwar grundsätzlich jeden Abend ab 18.00 Uhr. Interessenten mögen bitte vorher anrufen, auf dass auch wirklich jemand zugegen sei.

Der jüngere Bruder als Begleitschutz war schnell gefunden und zügig wurde ein Termin vereinbart.

Als Jette an der angegebenen Adresse aus dem Auto stieg, war sie von der vornehmen Wohngegend beeindruckt.

Der kleine Bücherwurm kam aus keinem schlechten Haus. Und als die Tür geöffnet wurde, stand in selbiger der Traummann schlechthin.

Boah, der Wunschkandidat jeder Schwiegermutter. Auch Jette hätte den Knaben nicht abgewiesen und bedauerte, dass sie sich für dieses Treffen nicht sorgfältiger gekleidet hatte. Für einen Einkauf war ihr die alte Jeans passend erschienen. Dennoch war es nicht zu übersehen, dass der Fleisch gewordene Traum äußerst charmant mit Jette flirtete. Da ließ sie sich nicht lumpen und balzte zurück. Ihr Bruder Reinhold räusperte sich, um darauf aufmerksam zu machen, dass ein Geschäft anstand, welches ihm zuliebe schnell abgewickelt werden sollte. Er wollte heim, zur Sportschau.

Schade, schade … ein tiefer Blick in diese dunklen Augen, da wurden Jettes Augen schmal. Etwas Kaltes, Spitzes und Hartes, berührte ihren Fuß. Unangenehm, vor allem, weil Jette nicht erkennen konnte, was das war. Irgendwie ekelte sie sich und hatte keine Lust mehr zu flirten. Vorsichtig zog sie ihren Fuß zurück und stellt ihn einige Zentimeter weiter hinten ab. Doch schon war das unheimliche Gefühl wieder da. Sie schauderte, was dem Verkäufer, der sich als Christian vorgestellt hatte, nicht entging. Den Stimmungsumschwung der netten, jungen Frau konnte er sich nicht erklären und so sah er sie irritiert an. Jette ihrerseits senkte die Augen und guckte diskret zu ihren Füßen.

Da saß, mitten auf ihrem Fuß, eine kleine Schildkröte.

Erleichtert wollte Jette auflachen, als sich abermals Falten auf ihrer Stirn kräuselten.

Diese Schildkröte hatte einen herzförmigen Fleck auf ihrem Panzer, den Jette nur zu gut kannte, hatte sie ihn doch selbst mit einem roten Permanent Marker aufgemalt.

»Mirakula«, jubelte sie erfreut, »da bist du ja wieder!«

Die untreue Kreatur war vor drei Jahren aus ihrem Garten entwichen und offenbar auch Christians Charme erlegen. Kurzerhand war sie bei ihm eingezogen und hatte sich nach Strich und Faden verwöhnen lassen.

Selbstverständlich gab Christian sie wieder frei und ließ sich auch die Auslagen der vergangenen drei Jahre nicht ersetzen.

Reinhold drang nun unverblümt darauf, die Holz-Statue zu kaufen und den Abflug zu machen.

Zufrieden schritt Jette aus dem Haus, im rechten Arm Mirakula und links den Bücherwurm.

Da lief ihr der Hausherr auf die Straße nach und bat um ihre Adresse. So könne er bei Gelegenheit, Mirakula, die bei ihm Agathe geheißen hatte, besuchen.

In seinen Augen stand noch Weiteres zu lesen und stolz registrierte Jette, dass sie an einem Abend drei lukrative Schnäppchen gemacht hatte. Und das alles über eBay.

MN

Warum

Diese Frage trieb sie immer wieder um, ließ sie nicht los. Warum schlug das Schicksal immer sie so hart? Hatte sie etwas falsch gemacht? Womit hatte sie das verdient? Sie wollte doch nur einmal wieder unbeschwert glücklich sein.

Eigentlich war Monikas Leben bis zum Wendepunkt normal verlaufen.

Zwar war ihre Ehe kinderlos geblieben, aber die Arbeit gab ihren Tagen Struktur, ihrem Mann Rainer als Ingenieur, ihr als Bibliothekarin. Zudem liebten beide das Tanzen und sie errangen im klassischen Paar-Tanz immer wieder Auszeichnungen und Pokale. Das war Monikas Welt: der Tanz der Paare und der Tanz der Buchstaben, ein großer Freundeskreis, ihre fünf Geschwister und ein Leben in ruhiger Harmonie.

Warum

Dann kam der Wendepunkt in ihrem Leben. Ihr Mann wurde unerwartet, aber mit einer Abfindung entlassen. Das traf ihn so schwer, dass er antriebslos kaum mehr die Wohnung verließ und nur wenig mit sich anzufangen wusste. Er wartete immer auf sie, und dass sie Ideen für gemeinsame Aktivitäten hatte. Sie war sehr unternehmungslustig, aber er konnte sich nur schlecht konzentrieren. Vor seinem 60. Geburtstag erkrankte er an Krebs und verstarb innerhalb von nur wenigen Monaten kurz vor Weihnachten 2011.

Warum Warum

Der frühe Tod ihres Mannes traf sie hart. Aber das Schicksal schlug gleich noch mal zu und schickte ihr einen Schlaganfall. Sie überlebte ihn dank einer Nachbarin, die Monika durch ein offenes Fenster jammern und schreien hörte. Es folgte ein langer Krankenhausaufenthalt mit anschließender Reha. Sie kämpfte sich in ihr Leben zurück, mit ihrem eisernen Willen, mit ihrer großen Kraft, vom Rollstuhl zum Rollator, vom Rollator zu den Stöcken, von den Stöcken zum selbstständigen Gehen. Eine leichte Unsicherheit blieb, und hin und wieder kam es vor, dass sie stürzte.

Warum Warum Warum

Aber das Schicksal liebte sie wohl zu sehr, um es dabei zu belassen. Sie war erst einige Tage zu Hause und hatte noch nicht einmal das Grab ihres Mannes besucht, da fiel sie und zog sich einen Oberschenkelhalsbruch zu. Wieder kämpfte sie sich hoch, bis sie wieder mit Stöcken laufen konnte.

Warum nicht

Dann traf ich sie.

Monika suchte Trost und Halt in einem Trauerkreis – so wie ich nach dem Krebstod meiner Frau im August 2012. Ein gemeinsames Schicksal band uns Trauernde. Dieser Trauerkreis blieb über ein Jahr zusammen. Wir, Monika und ich, sie Bibliothekarin und ich Gymnasiallehrer, beteiligten uns rege und stellten bald fest, dass wir vieles gemeinsam hatten.

Da wir beide Mitglieder der Akademie für Ältere waren, nahmen wir an einigen Reisen teil, die von der Akademie veranstaltet wurden. Schnell merkten wir, dass wir uns sehr sympathisch waren.

Ich war Mitglied eines Schreibkurses in der Akademie und nahm Monika mit, und das war auch das Richtige für sie. Das Schreiben wurde unser gemeinsames Hobby. Silvester 2015 feierten wir mit anderen Frauen des Trauerkreises in Monikas Wohnung das neue Jahr. Es ergab sich, dass ich der letzte Gast war. Als wir alleine waren, überfiel uns die Liebe, mächtig und stark. Es war eine große Liebe und sie hält unvermindert an. Es war eine reife Liebe. Wir hatten beide einen Partner an den Krebs verloren, wir waren abgeklärt, wollten uns nicht gegenseitig erziehen, waren geduldig und verständnisvoll, haben nie gestritten, wussten, was im Leben wichtig ist und worauf es ankommt. Unser Zusammenleben war innig, liebevoll, intim, immer schliefen wir in fester Umarmung ein. Wir hatten gemeinsame Hobbies und ließen uns auf die Eigenheiten des anderen ein. Aber eines war uns klar: Wir würden für diese Liebe einen hohen Preis zahlen müssen, in welcher Form auch immer, wann auch immer. Unsere Leben verschmolzen. Moni hatte vor, mich später einmal, wenn es nötig würde, zu pflegen.

Wir blieben fortan zusammen, abwechselnd in ihrer Wohnung oder in meinem Haus und genossen ein gemeinsames Leben mit Reisen, Kunst, Theater, Kino, Literatur.

Moni erzählte mir ihr Leben. Sie beklagte sich und fragte sich, warum ihr immer so viel Schlimmes widerfuhr: Der zu frühe Tod ihres Mannes, Schlaganfall, Oberschenkelhalsbruch. Ich entgegnete ihr, dass nun alles gut werde, da wir uns ja kennengelernt hätten und für immer zusammenbleiben würden. Sie meinte nur: »Irgendjemand oder irgendetwas hat mich auf dem Kieker, du wirst schon sehen!«

Wir verbrachten schöne Jahre voller Unternehmungen und Reisen. Ich brachte sie der Sauna näher und Kreuzfahrten, sie organisierte Kino und Theater und Besuche bei ihren fünf Geschwistern und deren Familien. Drei verschiedene Literaturkurse besuchten wir zusammen und schrieben viele verschiedene Arten von Texten, Sachtexte, und Kurzgeschichten. Monis Stärke war ihr Humor, immer wieder brachte sie die Zuhörer zum Schmunzeln und Lachen, war aber nur selten mit sich zufrieden.

Im September 2018 feierten wir ein großes Fest: unseren gemeinsamen 140. Geburtstag, sie 65 und ich 75. Sie schenkte mir eine Glückwunschkarte und schrieb »Seit fast vier Jahren verzauberst und bezauberst Du mich und mein Leben … Hoffen wir, dass wir diesen Tag noch oft gemeinsam feiern können!!!«

Der Weg (Hab ich es dir nicht gesagt?)

Eines Tages, kurz vor Weihnachten 2018, kamen wir nach Hause in ihre Wohnung, 35 Stufen waren es bis zu ihrer Wohnung im zweiten Obergeschoss. Sie stöhnte und schnaufte und zog sich mit ihren Händen am Geländer hoch. Wir besprachen uns und befanden es für gut, ihren Hausarzt aufzusuchen: Darmkrebs. Das war ein Schlag. Weinend lagen wir uns in den Armen: »Was hab ich dir gesagt? Das musste ja so kommen, wieder ich! Warum, warum? Ich würde verstehen, wenn Du mich verlässt! Belaste dich nicht wieder mit einer krebskranken Frau!« »Monilein, das kommt nicht in Frage, ich liebe dich, unter welchen Umständen auch immer. Du bist mein Leben, mein Leuchtturm. Ich bleibe immer bei dir. Wir gehen auch diesen Weg gemeinsam, wir gehören zusammen!«

Es wurde ein langer Weg. Da eine Operation wegen Metastasen nicht möglich war, erfolgte alle zwei Wochen eine Chemotherapie, 71 Chemos sollten es insgesamt werden. Ich sah mit an, wie meine geliebte Lebensgefährtin kahl geschoren wurde für eine Perücke. Sie trug auch nachts eine, eine einfache aus Stoff, sie wollte sich selbst nicht ohne Haare sehen. Haare, meinte sie, machen eine Frau aus. Ihre schlimmste Nebenwirkung waren Entzündungen im Mund, die sie immer wieder ein paar Tage lang am Essen hinderten, und sie knabberte doch so gerne süße Sachen, auch um nicht zu tief unter ihre gewohnten 50 Kilo zu sinken.

Wir richteten uns nach dem Krebs und mit ihm ein. Wieder passten wir unser Leben den Gegebenheiten an und richteten uns mit all unseren Vorhaben in dem kleineren Rahmen ein. Weihnachten 2018 feierten wir im großen Kreis meiner Familie mit Moni. Sie offenbarte der Familie noch nicht, welcher Schlag sie wieder getroffen hatte, sondern konnte das Fest mit ihrem starken Willen trotz Krankheit genießen.

Und warum das nun wieder

Eines Nachts fanden wir keinen Schlaf. Unruhig wälzte sich Moni hin und her. Ich wollte ihr mit starken Armen Halt geben. Sie war heiß und zitterte, meinte aber, das höre gewiss bald wieder auf. Ich gab ihr eine Stunde, um zur Ruhe zu kommen, dann rief ich den Notdienst an. Der Notarzt am Telefon riet mir kühl, kalte Umschläge zu machen und bis zum nächsten Morgen zu warten. Das schien mir zu gewagt und ich bestand auf einem Rettungswagen.

Ich brachte sie in die Klinik und wartete dann zu Hause. Am nächsten Morgen erfuhr ich die Diagnose: Lungenentzündung. Ich hatte sie gerade noch rechtzeitig in die Klinik gebracht. Auf der Intensivstation und auf der Palliativstation wurde dann ihre Gesundheit allmählich wieder hergestellt. Moni kämpfte in der Klinik wieder wie eine Löwin: Dreimal stieg sie die Treppen von der 6. Etage hinab zum Erdgeschoss und wieder hoch. Da ich in ihrer Nähe bleiben wollte, ließ ich ein Gästebett in ihr Zimmer stellen und übernachtete bei ihr. Eines Morgens stand sie von ihrem Krankenbett auf, kroch unter meine Decke und kuschelte sich an mich – nichts brachte uns auseinander!

Aber ihr Schicksal machte ihr schwer zu schaffen. Immer wieder quälte sie die Frage »Warum?«, »Warum hören die Schicksalsschläge nicht auf?«, »Warum immer ich? Womit habe ich sie verdient? Bin ich schuldig?« Immer wieder kam eine schwarze Depression über sie, und es gelang mir nur mit Mühe, sie festzuhalten und sie nicht in ihr versinken zu lassen. So wie es körperliche Leiden gibt, die nicht heilen, so gibt es auch seelische Leiden, die nicht zu heilen sind. Sie war auch in psychologischer Behandlung, viele Sitzungen lang, aber es »brachte nichts«, wie sie immer sagte. Ihre Frage nach dem »Warum?« konnte ihr niemand beantworten. Ich natürlich auch nicht, auch nicht mein Verweis auf Napoleons Bemerkung »Der Zufall ist der einzige legitime Herrscher des Universums« oder meine Bemerkung, dass ich es beim Roulette-Spiel einmal erlebt hatte, dass eine Zahl siebenmal hintereinander geworfen wurde. Ich konnte sie nur mit meiner Liebe festhalten, und das half ihr, das wusste sie:

»Wenn ich dich nicht hätte!«, flüsterte sie mir immer wieder zu und hielt sich an mir fest.

WARUM kam dann Corona? Corona schlug alle Menschen, aber uns besonders hart, jetzt auch noch eingesperrt zu sein, belastete uns sehr stark. Wir nahmen alle nötigen Impfungen und Einschränkungen auf uns.

Zwei Tage vor Monis dritter Impfung musste ich sie wieder in die Klinik bringen lassen, diesmal wegen stärkerer Magenschmerzen. Und ich durfte wegen Corona nicht mit! Am nächsten Vormittag erfuhr ich, dass sie jetzt auch noch Corona hatte! Vier Wochen Quarantäne, allein im Zimmer, nur Klinik-Personal um sich herum, nur Kontakt über WhatsApp. Ab und an hab ich kleine Besorgungen für sie gemacht und über die Eingangskontrolle zu ihr bringen lassen; Sorge und Bangen füllten mein Wesen und mein Leben. Und Moni hatte Angst: »Ich habe Angst, dass du jetzt nichts mehr von mir wissen willst, ich bin jetzt ein Outländer und geächtet. Woher das kommt, weiß keiner.« Und ich konnte nicht zu ihr, sie nicht trösten und beruhigen, sie nicht berühren, sie nicht streicheln, nicht küssen, nur WhatsApp-Nachrichten, dass ich immer bei ihr bleiben würde. Nach drei Wochen jubelte sie: »Alles klar – Abstriche sind in Ordnung, ich bin genesen!!« Danach wieder auf der Palliativstation. Wieder kam sie langsam zu Kräften, und ich konnte sie umarmen und küssen. Eine Besprechung mit den Ärzten ergab jedoch, dass sie in ein Pflegeheim sollte, da es zu gefährlich wäre, sie allein leben zu lassen. Sie schrak zusammen, ich riss die Augen auf – das durfte auf keinen Fall sein! Sie würde verkümmern, verwelken. Da sie auch diesmal wieder einigermaßen zu Kräften gekommen war, schlugen wir vor, dass ich als pflegende Person bei ihr einziehen sollte, um ihr immer nahe zu sein. Ein Rollator war schon besorgt, die Klinik und ihre Versicherung hatten sich darum gekümmert. Anfang Dezember 2021 kam Moni in ihre Wohnung, nach Hause. Wir richteten uns gedanklich in ihr ein, holten Angebote für einen altersgerechten Umbau des Bades ein, überlegten, welche Möbel ich aus meinem Haus holen sollte und dass wir einen inzwischen gelieferten Nachtstuhl zurückgeben könnten. Moni konnte sich um sich selbst kümmern, für sich selbst sorgen, es musste nur immer jemand um sie herum sein – für alle Fälle. Und das war ich.

Es waren schöne Tage, diese Nähe, Vertrautheit, diese wechselseitige Liebe, diese Intimität, diese Innigkeit, wir genossen uns gegenseitig und hofften auf viele, viele solcher Tage, auch wenn sie jetzt häufiger über Bauchschmerzen klagte. Am 14.12.2021 nahmen wir an einer Lesung unseres Literatur-Klubs teil. Moni trug eine humorvolle Kurzgeschichte vor und erhielt wieder anerkennenden Beifall. Weihnachten feierten wir zu zweit, dann mit ihrer Familie im Haus der Schwester, dann im Haus meines Sohnes mit dessen Familie und der Familie meiner Tochter am 6.1.2022. Moni sah ganz gut aus, wie immer Ton-in-Ton gekleidet (die Enkelinnen warteten immer gespannt, in welcher Farbe sie erscheinen würde, diesmal war es grün), guter Dinge, gesprächig. Wir freuten uns auf ein schönes Frühjahr.

Dann erfolgte wieder Schlag auf Schlag: Am 11. Januar bekam sie ihre 71. Chemo, am 12. Januar klagte sie über ganz schlimme Magenschmerzen, am 13. Januar lag sie vor Schmerzen gekrümmt jammernd in der Sofa-Ecke, in der ich immer so gerne saß.

So sah ich sie zum letzten Mal lebend, das Bild hat sich in mein Gedächtnis eingebrannt. Ich ließ sie zum dritten und letzten Mal in die Klinik bringen. Am 14. Januar besuchte ich sie, sie war nicht mehr ansprechbar. Am 15. Januar 2022 fand sie endlich die Ruhe, nach der sie immer gesucht hatte. Und für mich begann die schwere schwarze Trauer – so groß wie unsere Liebe war, so lang wird meine Trauer dauern. Moni liebte und sammelte Leuchttürme, einen habe ich bei mir zu Hause. Sie war der Leuchtturm in meinem Leben, jetzt irre ich ohne Leuchtturm auf dem Meer des Lebens umher.

»Trauern bedeutet, mit einem Menschen zu leben, der nicht da ist.« Ich muss nur die Augen schließen, dann ist sie wieder da – aber ich muss die Augen ja auch wieder öffnen und dann frage ich mich: WARUM?

WR

Mein besonderer Dank geht an

Anja Kunkel,

die mit kompetenter Aufmerksamkeit
und kreativem Einfühlungsvermögen
an der Entwicklung dieser Anthologie
mitgewirkt hat.

WR

Ebenfalls bei TRIGA – Der Verlag erschienen

Wilfried B. Rumpf
Visionen der Welt von morgen
LiteraturWELTEN Band 44

»Wir werden euer aller gesamtes Leben langsam umgestalten und dafür sorgen, dass ihr euren Planeten nicht zerstört. Wenn ihr so unintelligent dumm seid, eure Lebensgrundlage zu zerstören, dann müssen wir, eure intelligenten Kinder, sie für euch beschützen.«

In seinen Kurzgeschichten und Gedichten entwirft Wilfried B. Rumpf Szenarien einer zukünftigen Welt, in der ursprünglich vom Menschen entwickelte Technologien ihm überlegene Wesen hervorbringen.

Überaus spannende Lektüre, bei der sich zuweilen die Frage stellt, ob das Beschriebene noch Science-Fiction oder bereits Realität ist.

Mit Illustrationen von Michael Böhme, dessen vielbeachtete Werke bereits im All unterwegs waren.

146 Seiten. Paperback. 14,80 Euro. ISBN 978-3-95828-293-3

Wilfried B. Rumpf
Geschichten aus der Zeit
LiteraturWELTEN Band 40

Außergewöhnliche Kurzgeschichten, die thematisch vielfältig Vergangenheit, Gegenwart und Zukunft umfassen. Stilsicher erzählt der Autor von berührenden Schicksalsmomenten, überraschenden Wendungen, menschlichen Begegnungen.

Eine gelungene, spannende Mischung aus Zeitgeschichte, Erinnerungen und Science-Fiction.

102 Seiten. Paperback. 12,90 Euro. ISBN 978-3-95828-128-8

TRIGA – Der Verlag
Leipziger Straße 2 · 63571 Gelnhausen-Roth · Tel.: 06051/53000 · Fax: 06051/53037
E-Mail: triga@triga-der-verlag.de · www.triga-der-verlag.de